COMO VENCER

VICTOR TELES

COMO VENCER AOS 14

QUEBRANDO MITOS E DESAFIOS DO ENEM

foz

CAPÍTULO 1

O GÁS ETILENO

Idade é apenas um número. A maturidade independe desse número, independe da idade, massa corpórea ou etnia. Ter maturidade é assumir consciência das suas possibilidades e tomar uma atitude para virar o jogo. Não conheço o segredo para progredir na vida, mas sei como progredi até agora. E se houvesse segredo estou certo de que seria justamente este: parar de procurar segredos e ir além, buscar o conhecimento com passos autônomos. Mas como fazer isso, se dizem que você não pode porque é "menor de idade"? Bem, há grande diferença, sim, entre idade e maturidade.

Somos adolescentes, mas podemos desenvolver maturidade para entender muitas coisas. Ter maturidade é saber que tudo é fruto da preparação, do treino, da busca constante. E quando você nasce pobre, como aconteceu comigo (mesmo que seja de família rica você não é rico, seus pais sim), você precisa tomar essa consciência o mais rápido possível.

O inferno são os outros, como nos ensinou o filósofo frânces **JEAN-PAUL SARTRE**, mas os outros também são importantes no processo de amadurecimento. A convivência com amigos, com pessoas de nossa idade e com os mais velhos é importante para que possamos crescer tão logo possível, e não ficar esperando muito. Esperando o quê? Acontece com a gente o mesmo que acontece com o mundo dos vegetais. O efeito do gás etileno.

Já reparou que quando a gente coloca uma banana verde em meio às maduras e deixa todas as frutas enroladas em folhas de jornal, ou dentro do forno, o processo de amadurecimento acontece de forma mais rápida? Pois então, é que as frutas maduras liberam o gás etileno em maior quantidade, o gás conhecido como o "hormônio do amadurecimento" das frutas e vegetais, e quando colocamos as frutas verdes junto com as maduras, e ainda "aprisionamos" o gás dentro do embrulho ou do forno, o processo pode ser acelerado.

Com o ser humano não é muito diferente. Pois o meio do qual escolhemos participar, não nos privando de todos os outros, para nos dedicar unicamente a um, é decisivo. No fundo somos todos bananas, eu mesmo sempre me vi assim, encontrando inúmeros defeitos em mim mesmo, milhares, me sentindo um banana, me comportando como tal, e ainda por cima verde. Mas ao optarmos por conviver com outros, em um meio de pessoas maduras, seremos diretamente influenciados por eles. Não por liberarem o gás etileno, mas por liberarem ideias, que são o que realmente diferenciam uma criança de um adulto.

JEAN-PAUL SARTRE FOI UM FILÓSOFO EXISTENCIALISTA FRANCÊS, UMA DAS MAIORES ESTRELAS DO PENSAMENTO LIBERTÁRIO DO SÉCULO 20. NASCIDO EM 1905, ATUOU COM VEEMÊNCIA NAS CAUSAS DE ESQUERDA DOS ANOS 1960. ESCREVEU INÚMEROS LIVROS QUE ATÉ HOJE SÃO CONSIDERADOS FARÓIS DO PENSAMENTO SOBRE A LIBERDADE DO HOMEM. FOI CASADO COM A ESCRITORA FEMINISTA SIMONE DE BEAUVOIR, COM QUEM VIVIA EM CASAS SEPARADAS. FALECEU EM 1980.

O efeito do gás etileno na germinação de sementes, na formação de raízes e no amadurecimento dos frutos foi provado por pesquisadores no século 19. Eles fizeram experimentos para descobrir o motivo pelo qual as folhas de algumas árvores que ficavam próximas a lâmpadas a gás caíam mais depressa. Ao concluir os testes, perceberam que esse gás tinha influência marcante sobre o desenvolvimento das plantas. Logo descobriram que o combustível era rico no hormônio vegetal gasoso denominado etileno (C_2H_4), que é sintetizado a partir de um aminoácido conhecido por metionina.

Graças a esse conhecimento, o homem passou a utilizar essa propriedade das próprias plantas na agricultura, quando precisava que os frutos verdes ficassem maduros. O reino *plantae* e as frutas em geral passaram a ter o processo de maturação encurtado facilmente, quando foi possível entender o que acontecia e selecionar o meio no qual os vegetais seriam guardados.

O gás etileno está presente em toda estrutura do fruto, desde a casca até o interior. Ele é um gás incolor produzido naturalmente, e com um cheiro muito suave, levemente adocicado, e que quebra as moléculas de clorofila, responsáveis pela cor verde da casca do fruto, que, após a maturidade, adquire cor avermelhada, no caso dos tomates, por exemplo, ou amarelada, como acontece com as bananas.

Responsável pelo processo do amadurecimento de frutas e vegetais, o gás é um composto orgânico que também provoca o aumento de açucares da fruta – deixando-as mais saborosas quando maduras. Uma fruta verde tem gosto adstringente, desagradável, mas conforme amadurece, ou convive de forma próxima com outras frutas, vai absorvendo gás etileno, tornando-se doce e macia.

Ficar sentado, de braços cruzados, esperando que a maturidade finalmente nos abençoe, isso não pode dar certo. Da mesma maneira como o cantor **RAUL SEIXAS** afirma, em sua canção *Ouro de tolo*: "eu que não me sento no trono de um apartamento, com a boca escancarada, cheia de

UM DOS PIONEIROS DO ROCK BRASILEIRO, RAUL SEIXAS NASCEU NA BAHIA, EM 1945. LANÇOU 17 DISCOS EM 26 ANOS DE CARREIRA. FOI UM MÚSICO CONTESTADOR, CÉTICO E MÍSTICO, APESAR DE SE CONSIDERAR AGNÓSTICO. ELE SE INTERESSAVA POR FILOSOFIA, HISTÓRIA E LITERATURA, E COMPÔS SUCESSOS QUE ATÉ HOJE NOS INSPIRAM. MORREU JOVEM, AOS 44 ANOS, MAS EM TODAS AS REVISTAS ESPECIALIZADAS SEU NOME FIGURA NA LISTA DOS CEM MAIORES ARTISTAS DA MÚSICA BRASILEIRA. QUANDO ESTOU CANSADO, ESCUTO RAUL – É UMA GRANDE FONTE DE SABEDORIA E ENERGIA.

dentes, esperando a morte chegar". Faz-se necessário buscar, praticar, ir atrás. Claro que todo mundo tem um dia de preguiça, o problema é deixar que o dia de preguiça seja todos os dias.

Para colher frutos melhores e de maior relevância em nossas vidas. precisamos correr atrás de conhecimentos novos. Ainda na mesma canção, há um trecho que trata do não conformismo com o que já foi alcançado, pois existe uma porção de coisas grandes para serem conquistadas. E esse é o verdadeiro "ouro de tolo", quando a pessoa fica iludida com algo que acha que tem, um falso brilhante, ela pensa que é suficiente, mas não é.

Quando se vive unicamente com pessoas que só fazem desperdiçar tempo com coisas sem muita importância, torna-se muito mais difícil buscar um progresso pessoal. É aquela história de ver a vida passar diante dos seus olhos sem sequer dar um tchau. Assim, ao notar que todos os seus amigos não fazem coisa alguma e você ainda os ajuda a nada fazer, é bom considerar que nunca sairão da Terra do Nunca, aquela terra em que todos são eternas crianças. Nesse caso, não crianças no sentido físico, mas no psicológico. Sem nenhuma capacidade crítica.

Lembro-me que uma das coisas que me fazia sentir bem na infância era a busca por conhecimento além da escola. Até porque nunca fui um aluno nota dez, sempre fiquei entre a nota sete e oito e meio. Nunca fui de decorar, ou melhor, nunca consegui decorar, posso dizer que é até um comodismo meu, pego simplesmente um nexo e deduzo o resto. O estudo vai muito além da mera decoreba. Por isso que não condeno o Enem, muito pelo contrário, o admiro, pois é uma prova que expõe uma situação real e deixa você exercer o livre-arbítrio. Enfim, dá margem de liberdade para que nós possamos encontrar a resposta à nossa maneira.

Além disso, fui filho único até os nove anos. Então, para fugir da monotonia de dentro de casa, procurei refúgio nos livros, na televisão e na Internet. Sempre pedi aquelas coleções de historinhas infantis e livrinhos paradidáticos, que em geral são comercializadas em frente aos colégios. E meus pais, sempre que tinham condições, compravam com o maior prazer, pois sabiam que eu lia. E o conhecimento é isso, leitura, sobretudo leitura que ultrapasse as fronteiras do colégio, que seja feita pela filosofia (que significa *amor ao conhecimento*).

Além dos livros, como minha casa sempre teve TV aberta, os desenhos educacionais da TV Cultura, TV Futura e TV Escola foram, indubitavelmente, fatores enriquecedores em minha infância. E um programa que irei levar ao meu epitáfio será, certamente, o "De Onde Vem?". Com ele aprendi a origem do arco-íris, do fósforo, das ondas, conheci o prisma etc. Isso tudo é uma forma de deixar os pais contentes, e o fato de eles aprovarem alguma coisa é muito bom para a criança. Ademais, sempre chamei atenção, principalmente dos professores, por causa das curiosidades que eu aprendia nesses programas.

Já na escola nunca fui o chamado *nerd* – aquele que é vidrado em tecnologias, mangás, séries – nem o tal CDF – que seria aquele aluno decorador, que se dedica na vida a tirar dezenas de notas dez. Sempre fui de ponderar, até porque nem de copiar conteúdo eu gosto, para ser sincero, não suporto. Acho mais proveitoso o professor que explana os assuntos, falando e discutindo com os alunos, a partir daí faço minhas anotações.

Além disso, a maturidade não pode ser imposta por alguém, não adianta os pais tentarem forçar que um filho decida ser maduro. A maturidade é realmente uma escolha. É como meu amigo, o professor Arnaldo César, de Juazeiro, da Bahia, diz: "ninguém tem o poder de motivar alguém, apenas pode estimular essa pessoa".

Conhecer os colegas que podem nos ajudar, variar um pouco as amizades, é fundamental para quem quer amadurecer. Eu comecei pegando números de telefone e redes sociais de colegas com quem nunca tive um contato direto, mas que poderiam dar uma boa relação de ajuda mútua, cada um contribuindo na matéria em que for melhor.

Tive uma ótima experiência quando pedi ajuda a um colega meu, Marcos Gabriel, em algumas questões de matemática do Enem.

Ele me mostrou o caminho das resoluções com tamanha simplicidade que percebi o quão construtiva é a amizade com pessoas tipo ele. E a partir daí, ele me ajudava em matemática e redação e eu o ajudava com história (sobretudo as Grandes Guerras) e filosofia.

Uma esmagadora parcela da população quer questionar a maturidade e, quando não dispõem de argumentos verídicos, usam o escudo da idade para defender-se. Ora chamam de maduro aquele que tem 18 anos, ora aquele que já concluiu o ensino médio, e muitas vezes vão além, ao afirmar que só estes estão aptos a cursar o ensino superior.

Mas aí eu que questiono: todas as pessoas maiores de idade estão realmente preparadas para tal desafio? Claro que não, inclusive nem todos estão inseridos no meio acadêmico. Igualmente acontece com os concluintes do terceiro ano. Infelizmente boa parte não tem domínio real dos conteúdos do segundo grau. Em síntese, o fato de ser ou não maduro está desatrelado de tais generalizações. Se o aprendizado se der de maneira eficaz, porém mais rápida, não há porque acusar despreparo por parte do discente.

Demonstramos que temos maturidade intelectual, quanto aos conhecimentos estudantis, ao nos prepararmos para o Enem. E ao mesmo tempo, nos organizando para vencer essa batalha, demonstramos a maturidade psicológica, tendo que conviver com situações adversas, que por sua vez não só exibem nosso potencial, mas também nos estimula. As adversidades podem ajudar no processo de amadurecimento.

A pessoa conquista sua maturidade quando corre atrás com todas as moléculas de oxigênio que dão para ser queimadas. É claro que às vezes a gente se sente um banana. Verde. Bate o desânimo, a preguiça, e nada melhor que um testemunho de vida para retomar o fôlego.

CAPÍTULO 2

VELA MESTRA

"EU SAIO DAQUI, EU SAIO DAQUI"

Essas palavras nunca saíram de minha cabeça. Sempre que eu questionava o motivo de estudar, por que tantas horas, tão cedo, tantas matérias, tão tarde – meu pai não apresentava qualquer argumentação moral, nem fazia sermão sobre a importância de se frequentar a escola, garantir um diploma etc. Muito menos ameaçava com algum tipo de castigo, se eu não acordasse na hora certa. Ele dava seu próprio testemunho.

Imagine só, um menino que nasceu na década de 70, em plena ditadura militar, na zona rural do interior do menor estado do país, foi criado pela mãe – que era deficiente física e fora abandonada pelo marido, antigo feitor da fazenda, vivendo com mais duas irmãs de favor na casa da avó. Tinha tudo para lá continuar, até hoje, na mesma labuta.

Ouvir isso é desconcertante, sobretudo para uma pessoa que, como eu, às vezes não tem motivação nem para sair do sofá. E ainda é apoiado por **ISAAC NEWTON**, que assim definiu a primeira lei da Mecânica – "por inércia, um corpo em repouso tende a ficar em repouso", assim como "por inércia, um corpo em movimento tende a ficar em movimento". Claro que o objetivo de Newton não foi justificar essa dificuldade de levantarmos do sofá, mas tenho que puxar a sardinha para o meu lado.

É fato, indiscutível – pelas leis incontestáveis da física, a energia necessária para tirar um corpo do repouso é muito maior do que a necessária para dar prosseguimento ao movimento. Então, pode ser complicado mesmo sair da monotonia e do descaso com a vida e fazer do dia algo produtivo. Mas, é aquela máxima do futebol: quem não se desloca não recebe, para que as coisas mudem a gente precisa sair da velocidade zero. E tomar uma atitude.

Meu pai estava com sete anos, e já saía de manhã, ou melhor, de madrugada, com enxada na mão, puxando terra. Pois ninguém aceitaria pagar a pataca de um trabalhador rural que não cumprisse a jornada inteira – do nascer ao por do sol. Uma pataca era equivalente ao valor de um quilo de carne e um quilo de açúcar – para um adulto. Se o trabalhador em questão fosse uma criança, como era o caso de meu pai, receberia a metade. Ou carne ou açúcar. E assim foi, ao longo dos seus primeiros anos: plantação de macaxeira, batata doce, mandioca, e nos finais de semana, nem sonhar com a folga que tive na minha infância – e eu ainda reclamava.

Aos sábados e domingos ele vinha de madrugada, no pau de arara, do sítio em Várzea do Gama para o centro de Itabaiana. "Picolé vitaminado e premiado, chegou ganhou!" – era o refrão que repetia animado, para conquistar a freguesia e conseguir comprar um pão d´água na padaria de Zé Gordinho. E que almoço bom, se conseguisse chegar à banca do frito (uma das bancas na feira livre onde vendem almoços, como restaurante de rua) e convencer alguém a despejar no pão um pouco de molho de carne, quem sabe um pedaço da própria.

Assim ficou até os 12, 13 anos, quando percebeu que só existia uma saída. Ou seria um eterno pataqueiro, ou estudaria. Não se mede o nível de

QUANDO CRIANÇA, ISAAC NEWTON NÃO FOI UM ALUNO BRILHANTE, MAS GOSTAVA DE INVENTAR E CONSTRUIR OBJETOS. GRAÇAS À SUA CAPACIDADE EXTRAORDINÁRIA DE OBSERVAÇÃO, E AOS ESTUDOS DE MATEMÁTICA, LANÇOU AS BASES DA CIÊNCIA MODERNA. FORMULOU A LEI DA GRAVITAÇÃO UNIVERSAL, AO OBSERVAR UMA MAÇÃ CAINDO DE UMA ÁRVORE, ASSOCIANDO A FORÇA QUE HAVIA PUXADO A FRUTA PARA A TERRA COM A MESMA QUE IMPEDIA A LUA DE ESCAPAR DE SUA ÓRBITA. NASCEU EM 1642 E FALECEU AOS 85 ANOS.

homem do patamar onde ele está, mas de onde partiu, pelo número de degraus que precisou subir para chegar ao lugar onde se encontra. Meu pai foi um sujeito trabalhador, e astuto. Ele percebeu que a saída era o estudo, e para tanto não mediu sacrifício – mesmo exausto depois um dia de longas horas de trabalho, de noite estudava no Murilo Braga, o mesmo colégio onde estudei e onde hoje ele ministra aulas. Pois então: meu pai se formou como professor.

CRAQUE DA SELEÇÃO BRASILEIRA QUE GANHOU A COPA DE 1970, EDUARDO GONÇALVES DE ANDRADE, O TOSTÃO, É CONSIDERADO UM DOS MAIORES JOGADORES BRASILEIROS DE TODOS OS TEMPOS. MINEIRO, NASCIDO EM 1947, SE FORMOU EM MEDICINA E TAMBÉM É COMENTARISTA E ESCRITOR. O APELIDO DE TOSTÃO FOI DADO A JOSÉ MENDONÇA TELES PORQUE NASCEU NOS ANOS 1970 E FISICAMENTE LEMBRAVA, DESDE MENINO, O ARTILHEIRO DA SELEÇÃO CANARINHO.

O professor Tostão, como **JOSÉ MENDONÇA TELES** é conhecido e querido em Itabaiana, também veio a casar com uma mulher que se formou no magistério. Não foi a carreira acadêmica que ligou minha mãe, Aline, ao meu pai, mas os bons ventos desse amor me guiaram com alegria pelos estudos. Livros, colégios, professores, provas para corrigir, questões para decifrar – esses assuntos sempre fizeram parte de nosso cotidiano, estiveram integrados às atividades da gente, sem mistério, com respeito.

Gênio ou louco? Tímido, medroso, paranormal? Ou nenhuma das respostas anteriores?

Quando um estudante se destaca, ganha medalhas ou recebe notoriedade nos setores midiáticos, muita gente atribui tais conquistas a fatores questionáveis. Costumam dar ênfase a uma suposta genialidade que então funcionaria como espécie de bênção divina, alijando o jovem de qualquer esforço para se sobressair. Falam ainda em ausência de vida social, presumindo que o estudante seria um ensimesmado (quase um autista) ou então que teria sofrido exclusão social, encontrando nos livros seu único aliado e abrigo. Chegam mesmo a mencionar a força das reencarnações – e nesse caso o mérito de qualquer feito na verdade não seria do jovem, mas de uma grande mente que já se foi – quando não creditam a conquista ao acaso, ou melhor, à sorte.

Essas pessoas desconsideram todo um esforço e/ou organização de tempo essenciais para alcançar tal situação. Não se deve apontar como causa de um triunfo estudantil a genialidade, pois o que caracteriza tal acontecimento é a labuta e o empenho do estudante, o trabalho duro e a força de vontade – e não algum ato sagrado que teria concedido a um determinado jovem capacidade diferenciada dos demais.

Tempo é questão de preferência e, portanto, discordo da ideia de que um estudante compromissado com seus afazeres terá grande perda de vida social. Na verdade acho a ideia clichê e um tanto ridícula. Na vida há tempo para tudo, já dizia Eclesiastes, considerado um dos livros mais poéticos do Antigo Testamento. Basta que a gente tenha responsabilidade suficiente para dividir e organizar o tempo – assumindo o compromisso consigo mesmo para cumprir as autodeterminações estabelecidas.

Como bem resumiu o antropólogo e historiador Luiz Almeida Marins Filho, conhecido em suas palestras em todo Brasil como o **PROFESSOR MARINS**, os cinco segredos para o sucesso são:

- **FAÇA SUA CHECKLIST**
  SAIBA LISTAR, ORGANIZAR BEM AS METAS

- **FAÇA JÁ**
  TENHA CONSCIÊNCIA DE QUE NÃO PODE FICAR ATRASANDO O QUE TEM QUE SER FEITO

- **USE A TÉCNICA DO QUEIJO SUÍÇO**
  ASSIM TEMOS QUE TRAÇAR NOSSOS AFAZERES, POR ETAPAS, FAZENDO OS BURAQUINHOS AOS POUCOS

- **TENHA FOCO**
  UMA EMPRESA NÃO MORRE POR FALTA DE MISSÃO, MORRE POR FALTA DE FOCO

- **AJA COM DISCIPLINA**
  NO SENTIDO DO COMPROMISSO CONSIGO MESMO

FAÇA AQUI A SUA CHECKLIST. ESCOLHA CINCO OBJETIVOS QUE VAI CUMPRIR EM UM ANO. PODE SER INSCREVER SEU CONTO NO CONCURSO DA ESCOLA, APRENDER A DIRIGIR, A SURFAR OU ESTUDAR INGLÊS. PASSAR NO ENEM, CLARO. QUE SEJAM APENAS CINCO METAS, MAS ESSAS VOCÊ VAI SE ORGANIZAR PARA CUMPRIR.

LOCAL ______________________________

DATA ______________________________

1 ______________________________

2 ______________________________

3 ______________________________

4 ______________________________

5 ______________________________

Concordo plenamente com o professor Marins. Não é necessário ser um gênio e muito menos perder a vida social para alcançar os seus objetivos. Basicamente basta ter organização, força de vontade, estratégia, foco e compromisso. Com isso, todos nós podemos construir os nossos sonhos. E se por trás de um grande homem há uma grande mulher, por trás de um grande estudante há grandes instrutores. Há várias pessoas com potenciais enormes, faltando apenas alguém que lhes dê estímulo e direcionamento.

ANTROPÓLOGO E CONSULTOR, COM 26 LIVROS PUBLICADOS, O PROFESSOR LUIZ ALMEIDA MARINS FILHO É UM DOS PALESTRANTES MAIS REQUISITADOS DO PAÍS. ESTUDOU HISTÓRIA E DIREITO, TORNANDO-SE ESPECIALISTA EM GESTÃO EMPRESARIAL. ENTRE SUAS DICAS PARA VIVER COM ENTUSIASMO, ELE ACONSELHA: FAÇA TUDO PRESTANDO ATENÇÃO AOS DETALHES, COM SENTIMENTO DE PERFEIÇÃO.

Não vou ficar citando a Bíblia a todo momento, mas esse capítulo merece mais uma frase célebre – "Na vida tudo me é lícito, mas nem tudo me convém", como está em Coríntios, uma das cartas escritas por São Paulo. Não vamos perder a vida social, mas devemos saber dar a ela seu peso correto. Temos de dar prioridade ao que merece prioridade. Eu tenho direito de ir todo final de semana para a praia, por exemplo. Mas não me convém, eu não tiraria nenhum fruto disso, e o tempo aplicado em outras atividades poderia me trazer benefícios muito maiores.

As pessoas endeusam demais a juventude, como se fosse algo curto demais, que precisa ser aproveitado com sofreguidão, ao extremo – uma visão distorcida sobre o jovem que começou a ser exacerbada há poucas décadas. E não é bem assim, a juventude tem que ser aproveitada, naturalmente, mas também temos que fazer algo de produtivo nessa fase da nossa história. A crença de que a vida só começa aos 40 é um mito, um slogan publicitário, não tem nada a ver com a realidade – a vida começa quando queremos começar, quando fazemos a força necessária para sair do repouso e vencemos a inércia.

CAPÍTULO 3

METAMORFOSE AMBULANTE

Em 14 anos, estudei em cinco colégios diferentes. Depois do jardim de infância, onde entrei aos dois anos e meio, passei por três escolas no ensino fundamental e uma no ensino médio. Pois é, citando mais uma vez o querido Raul Seixas, "eu prefiro ser essa metamorfose ambulante, do que ter aquela velha opinião formada sobre tudo". Essa música sempre me fascinou, e um dos motivos é o fato de ela nos instruir a não ter medo da mudança. A preferir ser algo esdrúxulo — se necessário, uma metamorfose ambulante — a nos fixar de forma cega nas crenças do passado. Acredito que não podemos nos conformar com padrões estabelecidos e patamares alcançados, para não nos tornarmos massa de manobra usada de uma ideologia qualquer.

Segundo **ZYGMUNT BAUMAN**, escritor e sociólogo polonês que se tornou famoso por refletir sobre a liquidez das relações contemporâneas, uma das características, ou até mesmo sintomas, mais marcantes da sociedade moderna é o fato de as massas manifestarem desprezo e intolerância pelo que venha a dissuadi-las do padrão vigente. Os comportamentos ou escolhas que fogem dos parâmetros conservadores passam a ser tratados com reprovação, e não se incorporam às condutas gerais.

A maioria colossal dos pais opta por manter os filhos sempre no "melhor colégio", aquele no qual acreditam como aposta mais segura em um futuro certo. E tentam manter o estudante sempre na mesma instituição com o temor de que ele seja abalado psicologicamente e necessite de um grande tempo para se adaptar ao novo lugar e aos novos amigos. Meus pais pensaram de maneira diferente. Eu agradeço que eles tenham fugido do senso comum, tendo preferido que eu mudasse de escola, quando percebiam que não estava mais surtindo efeito, para que tivesse um horizonte acadêmico mais aberto, maiores experiências e um maior círculo de amigos.

ZYGMUNT BAUMAN É UM DOS SOCIÓLOGOS MAIS CELEBRADOS DA ATUALIDADE. SUA OBRA ESTÁ ASSOCIADA AO ESTUDO DAS RELAÇÕES HUMANAS NA MODERNIDADE, DESTACANDO UM PROCESSO DE LIQUIDEZ, DE ESFACELAMENTO, ENTRE ELAS. MESMO ESTANDO COM 89 ANOS AINDA CONTINUA MINISTRANDO PALESTRAS E AULAS, E ESCREVENDO LIVROS.

Uma peculiaridade dessa instrução que recebi em casa foi o acesso a uma pluralidade de didáticas. Sem ter me fixado ao "melhor colégio", compreendi o patamar no qual estava inserido sob óticas distintas, tanto de modelos educacionais quanto da visão de professores. Assim, também pude visualizar e conhecer meus pontos fracos e minhas características positivas, pois não fiquei inarredável a um único sistema, e consegui um maior ângulo de observação do meio acadêmico.

Há aqueles que podem ter estudado quase toda a vida escolar em apenas um local e garantem que sempre gostaram do modo de instrução e dos professores, enfim, do colégio como um todo. Entretanto, isso pode ser atribuído ao fato de não terem tido opções e escolhas. Ou então, pode ter sido uma instituição que aposta em uma didática mais dinâmica, que varia o método educacional de acordo com a evolução das etapas (ensino fundamental menor, ensino fundamental maior, ensino médio). Nesse caso, a escola por si só já abre um leque de opções para o aluno.

No meu caso, acho que não funcionou assim. Nas duas primeiras vezes que mudei de escola, fiquei um pouco ansioso, sim – já estava acostumado aos professores e amigos. Mas depois comecei a ver que, na verdade, estava um pouco alienado, pois não poderia concluir que aquele colégio era o melhor, se tinha estudado apenas nele.

Toda a repetitividade da mesma didática pode não provocar mais estímulo, o jovem começaria a se conformar com um "ouro de tolo" conquistado naquela escola. Perderia a competitividade consigo mesmo.

Eu ficava conformado, um pouco desmotivado, sem fulgor, quando permanecia mais de dois anos em um mesmo colégio, que por sua vez era tradicional. Se a cada três anos os instrutores do estudante optam por mudá-lo de escola – quando ela não variar seus métodos ou não tiver um acompanhamento direto –, aposto que isso pode funcionar como uma força motriz para que o jovem aumente o compasso, e assim, acompanhe o novo ritmo.

Digo isso por mim, pois ao invés de encarar com medo, me sentia desafiado e motivado pelas mudanças, disposto a aumentar meu ritmo de estudo, o que acredito que é uma força extremamente construtiva em qualquer vida acadêmica.

Além do mais, inclusive na minha preparação para o Enem, percebi as várias "metamorfoses" sofridas em meus métodos de estudo. Durante toda a minha trajetória de treino para o exame, houve presença marcante das questões das edições anteriores. No início eu dava mais foco aos conteúdos gerais de cada disciplina, me concentrando nos livros, em especial do segundo e do terceiro ano, e da Internet, para assimilar o que pudesse conseguir de todas as disciplinas. Entretanto, vi que muitos assuntos não tinham muita relação com a prova, quase nunca caíam nos exames.

Logo compreendi que deveria identificar os conteúdos que apareciam com mais frequência nas várias provas do Enem. Fui atrás de assistir ao máximo de aulas possível. Aí valem as vídeo-aulas, algum cursinho pré-vestibular, aulões da Secretaria de Estado de Educação etc.

O resultado não foi tão bom como o esperado, porque várias vezes eu divergia dos professores em linha de raciocínio, quando se tratava desta ou daquela prova, o que é algo construtivo, pois nos leva a uma reflexão mais profunda sobre determinado assunto.

Faltando por volta de uns três meses para os grandes dias, caiu a ficha. Se eu quero entender bem como funciona o Enem, em vez de ver a linha de raciocínio de um professor, posso muito bem criar a minha. Sendo que todos com experiência bastante na prova beberam da mesma fonte – os exames anteriores –, então fui atrás dessa fonte, com todas as minhas forças.

Chegando bem perto da prova, eu estava confiante e muito inteirado, já sabia boa parte dos assuntos que caem com mais frequência, e, o principal, tinha muita velocidade e precisão para concluir a prova a tempo e com bom êxito.

Quando mudamos de colégio, ficamos diante de um fato novo que mexe com a nossa vida, nossa imaginação. Mas tudo pode ficar melhor se passarmos a ver o mundo sempre sob outra perspectiva: não devemos fazer do hábito um estilo de vida ou podemos nos acomodar com o que já alcançamos. Temos que viver sempre antenados, sobretudo nas atualidades.

Novos colegas, novos professores, novo endereço. Quando eu mudo de escola, procuro me ater a detalhes que me ajudem a me adaptar ao novo contexto. Por exemplo, esforço-me para observar antes de agir. Gosto de me sentar no canto para ter uma boa visão da sala, tentando ver como é a turma e procurando entrar em contato com as pessoas que são mais receptivas.

Vejo quais são os colegas mais extrovertidos, falantes. Em geral, peço para me apresentarem o colégio. Ou pergunto, "e os professores aqui, como são?", "quem é o melhor?", "o mais chato?", "o que mais passa atividade?", "quem é o 'carrasco'?" e "qual é o professor gente boa?". Todo aluno gosta de fazer comentários sobre os professores, e todo mundo gosta de quem gosta de ouvir. Então essas perguntas e essa disposição para saber o que eles já sabem podem nos entrosar mais rápido com os colegas.

Outra coisa importante é a simplicidade. Não dá para chegar num lugar novo demonstrando prepotência. É sempre necessário perguntar "e se?". "E se eu chegar atrasado?", "e se não conseguir a média?", "e se faltar no dia da prova?". Além disso, não sou bom em todas as matérias e não tenho vergonha de pedir explicação. Então não me acanho, gosto mesmo de dar palanque, de deixar que os outros falem, me expliquem.

Em geral, você não é o único aluno novo – procure o outro que é novo, procure as oportunidades. Se os dois estão com o mesmo objetivo, é muito mais fácil de fluir, de melhorar o processo de socialização. Às vezes, é apenas um pequeno detalhe que nos chama a atenção, e esse pode ser o início de um caminho.

Lembro-me de quando me mudei para o Colégio Estadual Murilo Braga, onde não conhecia ninguém e fiquei um pouco sem direção. Até que vi um aluno, Marcos, com uma camisa de Muai Thai por dentro do uniforme. Foi a dica para me aproximar e perguntar – e aí, você gosta de artes marciais? Ele disse que sim, começamos a conversar e acabou que ficamos amigos.

Outro detalhe importante que percebi é que não se deve escolher unicamente um colégio por causa de uma lista das "melhores instituições", do Estado ou da cidade, e muito menos pelo ranking do INEP. Pois não é possível saber qual foi o critério utilizado nas avaliações dessas listas para fazer a classificação e, quando se sabe quais foram os pontos observados, ainda assim não se deve tirar conclusões precipitadas. Como afirma **LEONARDO BOFF**, cada ponto de vista é a vista de um ponto diferente,

O CATARINENSE GENÉZIO DARCI BOFF, CONHECIDO COMO LEONARDO BOFF, É ESCRITOR, PROFESSOR E TEÓLOGO BRASILEIRO. MEMBRO DA ORDEM DOS FRADES MENORES, FOI UM DOS EXPOENTES DA TEOLOGIA DA LIBERTAÇÃO. SUAS REFLEXÕES ABRANGEM OS CAMPOS DA ÉTICA, ECOLOGIA E ESPIRITUALIDADE. NASCEU EM 1938 E JÁ ESCREVEU MAIS DE 60 LIVROS.

isto é, cada assunto (ou critério) pode ser trabalhado de acordo com milhares de visões diferentes, impossibilitando uma nota objetiva.

Divulgados por meio da Internet, muitas vezes esses rankings podem ser "maquiados", sendo assim avaliações falsas, feitas para favorecer determinada instituição. As listas que o INEP (Instituto Nacional de Pesquisas Educacionais Anísio Teixeira) faz ou as que tomam como base a média do Enem também não podem ser plenamente aplicadas à sua realidade. Não é pelo fato de os alunos dali estarem se destacando que você vai se destacar também, pode haver uma divergência de valores entre os dois, ou melhor, a didática das instituições pode não corresponder a sua melhor forma de aprendizado.

Certa vez vi que um colégio tinha um ótimo desempenho na nota do INEP e, baseado nisso, optei por estudar na tal escola, mas quando cheguei lá, percebi que a estratégia deles realmente surtia efeito, mas não comigo. Eles adotavam uma conduta voltada para manter o aluno durante dois turnos dentro do colégio (sendo que o curso não era integral – a gente ia pela manhã, voltava para casa, a fim de almoçar e fazer os asseios pessoais, e à tarde deveria estar de volta), e também nos submetia a muitos trabalhos e resumos. Não me enquadrei nesse ritmo, pois gosto mais de liberdade, prefiro o colégio que dá a base, mas que também me libera para que eu possa buscar coisas além, que não se limitem a obrigações que tenho que cumprir para ganhar pontos em sala de aula.

O resultado de algumas instituições também pode ser afetado por causa de alunos que vão fazer esses exames de avaliação (em geral, a Prova Brasil) sem o mínimo de compromisso. Como a nota não é divulgada individualmente, nem os responsáveis podem questionar a pontuação alcançada, nem esses alunos se aplicam no exame, acarretando uma drástica diminuição da média escolar da instituição - que muitas vezes pode ser boa, mas sai desfavorecida no ranking em função desses desempenhos sofríveis.

Tem também o outro lado da moeda. Há escolas que são compostas por mais de uma empresa sob o mesmo nome fantasia. Um determinado "colégio A", por exemplo, na verdade é registrado como duas escolas, sendo que estas fazem parte do mesmo grupo. Então, logo nas primeiras avaliações, ou então num "vestibulinho", realizado todos os anos para ofertar bolsas de estudos, a equipe diretiva começa a selecionar os melhores alunos e os matricula sob um dos dois registros, sendo que este é diferente daquele em que estão inscritos os demais alunos, considerados medianos e ruins.

Assim, quando são realizados os exames de avaliação nacionais, os alunos do primeiro registro se saem muito bem, e os do segundo têm notas baixas. No momento da divulgação, este "Colégio A", composto pelos dois registros, desconsidera os resultados do segundo registro. Portanto, consegue uma nota alta, sem que o colégio seja desfavorecido por aqueles alunos que vão fazer a avaliação sem compromisso.

Basear-se em um colégio pelo número de aprovações se mostra ineficaz. Tenho muitos amigos que garantiram vagas na universidade, inclusive através do Enem, e que tiveram seus nomes divulgados em mais de um colégio. Isso acontece quando um deles estuda no tal "Colégio A", ao mesmo tempo que estava fazendo um cursinho pré-vestibular no "Colégio B", e, como tinha dificuldade em física e química, ainda fazia matérias isoladas no "Colégio C". Assim, não seria correto creditar a aprovação desse aluno unicamente a um colégio, mas ao conjunto das instituições que ele frequentou.

Fazer uma escolha tão importante, como a da instituição de ensino, apoiado apenas em rankings, listas ou rumores, é uma ação transviada. Nesse quesito, gosto muito do método que meus pais adotavam quanto à escolha da nova escola para mim. Em vez de eles tomarem a decisão, deixavam que eu a tomasse. Em geral me levavam para conhecer todas as opções disponíveis, e, a partir daí, eu começava a selecioná-las, como se eles tivesse me concedido uma "liberdade condicional", pela qual me davam o direito de escolha, mas me impunham metas quanto ao meu desempenho.

Em cada uma dessas decisões, eu procurava conhecer a escola a fundo, pedia para conversar com alguns professores, com o diretor, saber como era o método de avaliação, se ocorriam olimpíadas acadêmicas (de matemática, física, química etc.), quais eram os livros didáticos, a duração dos horários, ou seja, tentava ver se era realmente o que queria para mim.

Sou adepto da ideia de sermos e formarmos cidadãos proativos, com pontos de vista formulados autonomamente e com mente aberta para considerar e analisar novas visões. A chave mestra do sucesso é a atitude. Infelizmente a ausência dela está presente tanto entre os alunos, que boa parte dos quais espera migalhas de conhecimento do professor, sem um mínimo de esforço para conseguir algo com a própria labuta, como entre os funcionários em geral, quando boa parte fica a esperar ordens superiores antes de tomar qualquer iniciativa que possa contribuir, movimentar ou melhorar as condições do ensino.

Na variação de instituição durante meu crescimento escolar, como ponto positivo, também ocorreu a integração e socialização com um número maior de pessoas e em diferentes situações – o que é algo de suma importância na formação do ser humano. Ainda mais pelo fato de vivermos em uma época de constante liquidez e enfraquecimento dos laços afetivos, como bem observou Bauman: nossa vida fica mais prazerosa e rica se tivermos um círculo de amizade e convivências com pessoas diferentes.

GANHADOR DO PRÊMIO CAMÕES – MAIOR PRÊMIO LITERÁRIO DOS PAÍSES DE LÍNGUA PORTUGUESA – ,JOÃO CABRAL DE MELO NETO, NASCIDO NO RECIFE EM 1920, É CONSIDERADO UM DOS MAIORES POETAS BRASILEIROS. SUA OBRA-PRIMA É "MORTE E VIDA SEVERINA", ALÉM DE OUTROS LIVROS DE REFERÊNCIA PARA A POESIA NACIONAL COMO "A EDUCAÇÃO PELA PEDRA". FOI O ÚNICO BRASILEIRO A GANHAR O PRÊMIO NEUSTADT, CONHECIDO COMO O NOBEL AMERICANO. FALECEU EM 1999.

Os pais ficam mais restritos às determinações do colégio após apostarem todas as fichas nele. Por isso, não sentem tanta necessidade de estreitar as relações sobre questões estudantis com os filhos, a se conversar sobre a rotina da escola e – fato mais grave – não participam mais ativamente nas decisões acadêmicas. Portanto, quando se trata de aluno que se dedica e a maneira pela qual estuda não surte o resultado esperado, ou quando não se dedica, os pais o crucificam e colocam a responsabilidade unicamente nele – ou na instituição de ensino, eximindo-se de culpa.

O ato de imputar ao colégio toda culpa pelo mau desempenho do aluno, a meu ver, é equivocado. Essa atitude revela, a um só tempo, a tentativa dos pais de compensarem sua ausência no acompanhamento dos estudos dos filhos e se eximirem de sua parcela de responsabilidade diante desse quadro.

Segundo Sartre, filosófo existencialista francês, o ser humano é condenado a ser livre. Isto é, quando os pais escolheram se ausentar da vida estudantil de seu filho, entregando-o nas mãos do colégio, foi uma escolha deles. Precisam ter coragem suficiente para assumir parte da culpa – e não jogá-la apenas no jovem, no professor ou na instituição, pois todos têm participação, tanto em resultados positivos ou negativos.

A instrução de base, alimentada em casa junto à família de cada um, a instituição de ensino e a determinação do aluno são fatores que definem futuros sucessos ou fracassos na nossa vida estudantil. Quando os pais participam ativamente, o colégio oferece bons conteúdos e os jovens têm um objetivo em mente, temos tudo para que o resultado seja um sucesso. Como disse o poeta **JOÃO CABRAL DE MELO NETO**, diplomata inteligente, sagaz, pernambucano da mais bela cepa: "um galo sozinho não tece uma manhã: / ele precisará sempre de outros galos."

CAPÍTULO 4

ESTRATAGEMAS

"Ô VICTOR, ACORDA MENINO, VAI TOMAR BANHO PRA NÃO SE ATRASAR DE NOVO"

Nada melhor que acordar ao doce som dos gritos maternos. E ali nascia mais um dia, naquela típica casinha de periferia do interior (aqui em Itabaiana chamam vulgarmente de "baixada"). O mesmo tipo de moradia que Michael Sullivan descreve na canção "Casinha Branca" – tinha apenas a porta e a janela, sendo que nossa varanda era um quintal com um pé de graviola.

E assim eu acordava com sono e preguiça, mas tomava banho, vestia o uniforme e ia para a escola. Ao chegar, ainda caindo na real, uma coisa que voltava a me intrigar era o porquê de todos os meus colegas chegarem com as lições de casa completas. Ao contrário de mim, que sempre deixava uns 30 por cento sem fazer – não por desleixo, mas porque não sabia mesmo todas as respostas.

E vez ou outra a professora chamava os meus pais para conversar. Logo depois de conversar com meus pais, percebia que ela vinha me dar um apoio direto em atividades específicas. Será que eu era menos capaz?

Bem, hoje percebo que em cada etapa de nossas vidas estamos em pé de igualdade com os empecilhos. Não podemos nos deixar abater por uma situação, ainda mais quando a situação nos dá chances tanto para a vitória quanto para a derrota. Os atores e autores do desfecho somos nós. Há momentos da vida que não é a simples força física ou tão somente a intelectualidade que resolverá. É necessário algo mais, é necessária astúcia. E aí cabe a lembrança de que nem todas as batalhas são vencidas pelas armas. Boa parte das vitórias se dá pela posição geográfica, pela forma que o ataque das tropas se dá, ou seja, pelos estratagemas empregados, pelas escolhas bem feitas.

No célebre livro *A arte da guerra*, **SUN TZU** afirma que, ao nos depararmos com um adversário menor que nós, devemos atacá-lo de uma vez. Quando não formos páreos para ele, devemos evitá-lo. Mas, se tivermos de igual para igual devemos dividir o adversário e atacá-lo aos poucos. Estratagema nada mais é que a astúcia que empregamos para resolver algo. No caso de Sun Tzu é para vencer o inimigo; no nosso caso, os empecilhos para termos êxito na vida acadêmica.

Então se os empecilhos existem na mesma proporção que nossas qualidades, qualquer detalhe pode se tornar uma vantagem. Cabe a nós saber usar tudo a nosso favor. Seja a escolha da escola, de materiais extras, saber lidar com instituições diferentes e conciliar diferentes metodologias. Além, claro, de saber usar o que temos em nossas mãos, pois muitos criticam o sistema no qual estamos inseridos, a forma de governo vigente e passam o dia a contestar o incontestável. Isso não nos leva a lugar algum.

ESTRATEGISTA, GENERAL E FILÓSOFO CHINÊS, SUN TZU FOI UM PENSADOR NASCIDO EM 544 A.C. QUE SE TORNOU FAMOSO PELO LIVRO "A ARTE DA GUERRA". COMPOSTA POR 13 CAPÍTULOS SOBRE ESTRATÉGIAS MILITARES, ESSA OBRA É MUITO POPULAR ATÉ HOJE, E, APESAR DE DISCORRER SOBRE TÁTICAS MILITARES, TAMBÉM DEFENDE A DIPLOMACIA. "HÁ MOMENTOS EM QUE A MAIOR SABEDORIA É PARECER NÃO SABER DE NADA" É UM DE SEUS CONSELHOS FAMOSOS.

Para progredir temos que ter habilidade suficiente para nos adequarmos aos padrões, mas não necessariamente aceitá-los de forma passiva. Demonstrar ao mundo o que está errado é muito fácil, todavia demonstrar ao mundo como seria a forma correta de fazer – isso é difícil.

Tive que usar tudo a meu favor, já que sou competitivo. E se há muitos obstáculos tenho que pensar que vou virar o jogo. Por passar tempo demais pensando que a situação está difícil, me esqueço de pensar como fazer para reverter isso e assumir a dianteira. Daí surge inúmeras dúvidas quanto a qual estratégia usar, principalmente no que diz respeito à escolha do colégio particular ou público, até que ponto o reforço escolar pode ajudar e os limites da internet.

Quanto à internet – sempre foi uma das minhas maiores aliadas. Posso até dizer que depois dos livros foi a ferramenta que mais contribuiu em minha formação acadêmica, pois, tudo quando é usado de boa fé se torna benéfico. Em geral, especialistas gostam de afirmar que a internet e a televisão são os grandes vilões dos jovens; bem, no meu caso foram até heróis.

Dentre as vantagens das instituições privadas podemos citar o fato de nelas haver, na maioria das vezes, gestão mais ativa por parte dos diretores e coordenadores e o maior número de olimpíadas e competições internas; outra vantagem é o rígido cumprimento dos horários por parte dos discentes e dos docentes.

Em contrapartida, em boa parte das vezes esses colégios podem alijar o poder de deliberação dos jovens, pois submetem todos os alunos a um mesmo método, que por si só não é maléfico – o problema reside no fato de muitas dessas escolas aplicarem rotinas até mesmo para quando os alunos estiverem fora do colégio.

Já as instituições educacionais públicas têm justamente como vantagem principal a liberdade de escolha para se estudar. Eu nunca gostei de seguir um caminho que todos seguem, sempre preferi o meu. A melhor pessoa para trilhar os caminhos acadêmicos sou eu mesmo, pois me conheço e sei meus pontos fracos e fortes. Por exemplo, se eu vou treinar para o Enem só por um módulo que o coordenador produziu, eu estaria correndo o risco de me esquecer de minha própria individualidade, de minhas próprias particularidades. Outra vantagem dessas instituições é que boa parte dos professores delas são gabaritados, tendo sido inclusive aprovados em concursos públicos.

Sem contar que essas escolas têm a vantagem de serem gratuitas, com todos os livros inclusos – o que realmente alivia o orçamento dos pais, que podem ter grandes dificuldades para arcar com mensalidades (que nas grandes cidades são muito caras) e com materiais para pagar todos os anos. Esses gastos, naturalmente, não garantem futuro certo. O que garante um futuro promissor é a busca constante dos objetivos.

NASCIDO NO MATO GROSSO DO SUL, EM 1956, ALMIR EDUARDO MELKE SATER É COMPOSITOR, VIOLEIRO E INSTRUMENTISTA. COM MAIS DE 30 ANOS DE CARREIRA E 10 DISCOS, TORNOU-SE UM DOS RESPONSÁVEIS PELA PRESERVAÇÃO DA VIOLA DE 10 CORDAS, TENDO A ELA ACRESCENTADO SONORIDADES COMO BLUES, ROCK E FOLK.

Mas o maior de todos os males dos colégios estatais são as greves. Podem ser longas, frequentes, e assim mesmo quando os estudantes querem ir para a escola não há como. É nesse sentido que credito a meus pais meus primeiros passos firmes. Acredito que tenham seguido o que Aristóteles dizia: "o ignorante afirma, o sábio duvida e o sensato reflete". Considerando que o ser humano se destaca dos demais animais pela sua reflexão, então a melhor decisão é ser sensato.

Ao fazer a escolha do meu colégio, meus pais agiram com sensatez, que nada mais é que equilíbrio, prudência e ponderação. Permitiram que eu frequentasse várias instituições de ensino, e de cada uma tirasse bons proveitos. Assim aprendi a conviver com situações diversas, como sugere o cantor **ALMIR SATER**, em sua música "Tocando em Frente", devemos conhecer de tudo na vida.

Eis que surge uma nova dúvida e a necessidade de adotarmos uma nova estratégia — só que agora quanto ao reforço escolar. Com o tempo, percebi que o motivo pelo qual todos da sala, exceto eu, conseguiam resolver todas as questões das atividades para casa era um só: as aulas de reforço que recebiam. O que teoricamente é uma coisa boa, pois serviria para ajudar no total entendimento quanto ao assunto abordado em sala de aula.

Mas imagine só: uma professora tendo que ensinar 15 alunos que vieram de escolas distintas, cada qual em uma série diferente e, às vezes, até disciplinas diferentes. Torna-se praticamente impossível ensinar realmente.

Essas professoras que dão as aulas de reforço são, em minha opinião, verdadeiras vencedoras, pois em geral recebem bem menos que as docentes dos colégios e têm que arcar com uma variedade imensa de conteúdos, necessitando estar sempre atualizadas e tendo que se submeter a desafios constantes. Com a escassez de tempo não dá para reforçar o conteúdo de maneira detalhada, faz-se necessário resolver os itens enquanto o jovem vê as questões e tira algumas dúvidas. E, principalmente em disciplinas como matemática, é muito difícil aprender unicamente olhando e de forma rápida.

Foi justamente essa a visão de meus pais. Ao invés de me mandar para aulas de reforço pediam, sobretudo minha mãe – que foi minha primeira e única professora de reforço, a quem dedico com maior ênfase minha trajetória de base –, para que eu sentasse e resolvesse as questões que eu sabia das lições. E fazendo assim, eu chegava a completar cerca de setenta por cento dos testes (nunca fui aluno nota dez, fui aluno que soube manter um padrão em todas as matérias e que buscou algo além do que é passado e cobrado na escola).

A partir daí, o que minha mãe sabia me ensinava, do contrário me mandava levar o dever para a escola da maneira até onde conseguimos avançar. Acredito que isso me ajudou muito a desenvolver o meu raciocínio lógico, buscando de qualquer maneira uma resposta. Mas, vez ou outra a professora chamava meus pais e, depois de conversar com eles, ela vinha me explicar mais detalhadamente. Ou seja, minha mãe explicava a situação para minhas professoras e pedia para que me dessem mais atenção em algumas questões ou disciplinas específicas. Até porque não dá para adivinhar, em hipótese alguma, que o aluno está com dificuldades em determinada matéria, se ele chega sem nenhuma dúvida, apresentando todos os exercícios resolvidos.

CAPÍTULO 5

OS TRÊS PILARES

"TÁ NA MESA"

Finalmente o melhor momento do dia. O momento da refeição em família – quando conseguimos um tempo em comum para fazer uma reflexão geral do dia, um balanço das ações, junto aos mais próximos. "Como foi seu dia hoje? O que pretende fazer? É assim mesmo. Parabéns!" – nunca me canso de ouvir essas frases. Na verdade acho enriquecedor ouvi-las. Sem esse contato, esse apoio, acho que não teria disposição para refletir sobre meus atos.

Mas antes disso é necessário trabalhar. Pois o "tá na mesa" não quer dizer necessariamente que a comida já está servida. Significa que a comida está pronta, que ela (minha mãe) está convocando todos para trabalharem nos preparativos finais. Meu pai vai preparar o suco, eu vou pôr os pratos e talheres, minha mãe vai servir a refeição na mesa. E assim tudo flui em nosso lar. Uma casa que, embora seja urbana, tem traços tipicamente rurais – até mesmo pelo fato de muitos parentes próximos morarem na zona rural. Meu pai, por exemplo, nasceu e foi criado num sítio perto de Itabaiana.

Ambos professores, meus pais trabalham fora. Eles têm quatro filhos (além de mim, dois meninos, José Vinícius e Joseph Tostão, e uma menina chamada Tostiany). Detalhe: não temos empregada doméstica trabalhando em nossa casa. Cada um faz uma parte para dar tudo certo. Minha avó materna, Aparecida, a quem devo boa parte de minha criação, sempre que pode vem nos ajudar. Tenho enorme carinho por ela, e ela demonstra ter ainda muito mais por mim.

Apesar de sempre rolar um certo estresse, em função do trabalho para organizar a refeição e tomarmos conta das crianças enquanto comemos, ainda assim é uma verdadeira diversão. Ruim é uma vida monótona, sem **trabalho**, sem **reflexão**, sem **diversão**. E fazemos tudo isso para manter a estabilidade e união dessa instituição chamada família. Hoje dela faço parte como filho, e um dia pretendo integrá-la como pai, avô, bisavô etc.

Através dos ensinamentos de meus pais, do equilíbrio e das ações de ambos, enquanto todos nós estávamos juntos em casa, é que compreendi a sustentação que precisava para alcançar meus objetivos. Um verdadeiro tripé, não o de um fuzil ou de uma metralhadora, nem tripé da fotografia ou topografia. É o tripé da vida. Onde um pé (já que tripé vem do grego *tripous*, que realmente significa três pés) é o alicerce do outro, e a ausência de um proporciona a queda do conjunto.

E meus pais, por sua vez, foram instruídos pelos meus avós, como que bons pais, cônjuges e cidadãos, que devemos obedecer e seguir a três princípios fundamentais: trabalhar para o sustento, rezar para Deus e se divertir. O trabalho seria a labuta propriamente dita, a partir da qual o ser humano traz para casa o sustento diário. Uma obrigação severa, de que jamais podemos nos esquecer ou deixar de fazer. Já a reza ou oração nada mais é que o momento em que devemos tirar para ir à missa, ao culto, à reunião, ou um rito próprio de outra religião, com o intuito de seguir os princípios de convivência em contrição com Deus. E a diversão seria o momento, em geral, em que o homem se reúne com os familiares, vizinhos e amigos para contar casos, anedotas e lendas locais, ou ir às feiras livres aos finais de semana.

O trabalho não necessariamente tem que ser braçal. Pode ser também intelectual, como no meu caso. E podemos ir mais longe e tratar o trabalho como sendo a junção de todos os nossos esforços em prol de um objetivo, de um resultado. Se o nosso objetivo é passar no Enem, todos os livros que lemos, as aulas que assistimos, as pesquisas que fizemos formam nosso trabalho. Como o filósofo ingês **JOHN LOCKE** diz: "É o trabalho, portanto, que atribui a maior parte do valor à terra, sem o qual dificilmente valeria alguma coisa".

Temos que observar também que não é apenas o trabalho pelo trabalho que vai nos render frutos. É necessário algo mais. O que meus avós chamavam de rezar. Independente de crer ou não em algo supremo, é necessário que o ser humano desenvolva esse poder reflexivo. Que possa refletir sobre seus atos diários como, por exemplo, à mesa de refeições. Trabalhar e não refletir é o mesmo que ter um emprego há 30 anos e dele ainda não ter colhido nenhum fruto, se o que sobrar do ordenado for desperdiçado apenas com inutilidades.

Estudar e não refletir é o mesmo que passar duas horas assistindo uma aula sobre a Segunda Guerra Mundial e, no final, quando o professor perguntar qual foi o estopim do conflito, a gente não saber responder. Ou perguntar quem estava ao lado da Alemanha, qual foi o desfecho do combate e também não termos ideia da resposta. Valeram a pena essas duas horas assistindo aula? Infelizmente, não.

Assim é essencial, ao fim de um dia, **refletirmos** sobre o que fizemos. Quando estou encerrando o dia de estudo, pesquiso e resolvo dez questões acerca dos conteúdos estudados. Quando acerto menos de cinco questões, volto a rever o assunto, pois na real ainda estou fraco na matéria. Todavia nem sempre o professor pode voltar atrás por causa de um único aluno – carga horária pequena, grande número de assuntos, calendário letivo apertado etc. Então recorro a sites, videoaulas, livros, meios não faltam

UM DOS IDEÓLOGOS DO LIBERALISMO, JOHN LOCKE AJUDOU A DERROTAR O ABSOLUTISMO NA INGLATERRA, COM SUA OBRA "ENSAIO ACERCA DO ENTENDIMENTO HUMANO" – ONDE AFIRMAVA QUE TODOS OS HOMENS TINHAM DIREITOS NATURAIS – DIREITO À VIDA, À LIBERDADE E À PROPRIEDADE. NASCEU EM 1632 E TAMBÉM DEDICOU-SE À FILOSOFIA POLÍTICA, DEFENDENDO O DIREITO DAS PESSOAS CONTESTAREM UM GOVERNO INJUSTO, SEM SEREM OBRIGADAS A ACATAR SUAS DECISÕES.

– ao menos não devem faltar. Quando acerto cinco questões ou mais, passo para o próximo assunto.

Como partículas de mesma natureza, cargas iguais se repelem – então é necessário algo para ligá-las, uni-las. No caso de um átomo, é necessário um nêutron. No nosso caso é necessária a diversão, que é algo intrínseco, peculiar, próprio do ser humano. Todos nós precisamos nos entreter. Seja ir ao shopping, ao cinema, à praia, mas precisamos de alguns desses momentos. Com cuidado para não exagerar. Temos que nos conscientizar para não fazer de um momento de descontração nossa vida inteira.

Sou mais propenso a ir à praça Fausto Cardoso, onde fica a igreja Matriz, em Itabaiana, minha cidade – mais especificadamente no quiosque de Vadinho, onde aproveito para ir tomar cafezinho. Acredito que aquele lugar, associado à criação que tive, muito próxima da minha avó, tenha sido um dos meus estímulos para ser médico geriatra – minha grande vontade e objetivo de realização profissional. Na praça e no quiosque encontro pessoas com bem mais idade, já no final da fase adulta ou na terceira idade – como o Deputado Chico Rouco, Zé Pequeno, Padrinho Messias, Seu Raimundo etc. Salvo algumas poucas exceções, como os jovens mais ligados ao rock, por exemplo, como meus amigos Kennety Reis, Carlos Gabriel e Hizy Pena.

Todo esse contato diário com idosos me direcionou para a geriatria. Embora muitas pessoas me questionem coisas do tipo: "e tu vai ter paciência?" ou "sabe que vai ter que consultar o paciente e o acompanhante?", ainda não penso em outra especialidade médica. E espero que eu não venha a mudar de ideia tão cedo quanto a isso. Em síntese, temos que **trabalhar** (estudar), **refletir** e nos **divertir**, sabendo direcionar o tempo com sapiência – apoiados nesses três pilares, os resultados aparecerão, mais cedo ou mais tarde.

CAPÍTULO 6

LIBERDADE CONDICIONAL

Até que ponto é o meio que determina nosso destino? Será que a capacidade que cada um tem de estudar, seu esforço e responsabilidade, é definida individualmente – ou são os pais os maiores artífices da mente de uma criança? O sucesso depende de forma primordial da nossa dedicação ou as condições que temos, ou que deixamos de ter, é que vão estabelecer o desempenho de cada um?

As influências do meio, o destino, a determinação pessoal. Os mais importantes filósofos de todo mundo mergulham nessas questões, em busca de respostas que possam explicar sucessos e fracassos de nossa existência. Devemos ir pela maioria ou vamos acreditar em nós mesmos?

Um dos esportes que mais admiro, pois a meu ver é semelhante à vida real, é a Fórmula 1. Para funcionar bem, as equipes precisam se organizar como um conjunto eficiente, composto por um chefe de equipe, que no nosso caso são os pais; por um carro, que seria o fruto da criação e dos estratagemas; e por um piloto, que somos nós. E, assim como na vida, quem define o final da corrida vai ser ele, o piloto.

Até determinado patamar, alcançado em geral aos nove ou dez anos de idade, o desenvolvimento escolar está diretamente relacionado aos pais ou responsáveis – aqueles que direcionam a criança, criando a estrutura e as estratégias necessárias para uma trilha estudantil promissora. São eles que educam, decidem em que escola vai estudar, se vai haver reforço escolar etc. Fatores essenciais que ocorrem na fase de amadurecimento das ideias e da formação do indivíduo não dependeriam do acaso, mas da criação feita pelos responsáveis e pelas pessoas com quem nós convivemos. O meio seria, portanto, um agente influenciador de grande importância no desenvolvimento ético e moral do ser humano.

O ROMANCISTA FRANCÊS ÉMILE ZOLA NASCEU EM 1840 E FOI PIONEIRO DA ESCOLA LITERÁRIA NATURALISTA – PARA ELE, A REALIDADE DEVERIA SER DESCRITA DE MANEIRA OBJETIVA, POR MAIS SÓRDIDOS QUE PUDESSEM SER ALGUNS ASPECTOS SOCIAIS. PARTIA DA CONVICÇÃO DE QUE A CONDUTA HUMANA É DETERMINADA PELA HERANÇA GENÉTICA, PELA FISIOLOGIA DAS PAIXÕES E PELO AMBIENTE, CONSAGRANDO-SE COMO UMA IMPORTANTE FIGURA LIBERTÁRIA DO SÉCULO 19.

Pai da corrente literária naturalista, o romancista francês **ÉMILE ZOLA** considera que o homem, por natureza, está condicionado a fatores que podem ser preponderantes para um futuro promissor. Boa parte de nossas habilidades já vem direto do sangue, em função da hereditariedade genética, mas as demais são adquiridas com esforço e treino. Além disso, Zola também enfatiza o meio de convívio social, que quando produtivo pode ser determinante para o sucesso pessoal.

O filósofo alemão **IMMANUEL KANT**, um dos mais importantes do Ocidente, estabeleceu um conceito essencial – o "Imperativo categórico". A grande maioria de nossas escolhas é predeterminada e preestabelecida por superestruturas, principalmente jurídicas, ou por convenções sociais. Antes mesmo de virmos a ter, de fato, consciência de nossos atos. Assim, Kant explicita a necessidade de tomarmos decisões como um ato moral, de agirmos como se houvesse uma Lei Universal, ou seja, agirmos do modo como acreditamos que os outros devam vir a agir conosco.

Cito essas figuras ilustres e luminares para nos ajudar a compreender que os padrões morais adquiridos por nós, em verdade, foram formulados pelo modo de conduta que nossas famílias idealizaram. A peculiaridade do ser humano, caracterizada por sua capacidade de deliberação e arbitrariedade, é consequência da sua formação.

As escolhas que faço hoje são fruto do meu senso crítico e das minhas opiniões. A decisão de adiantar os dois anos escolares restantes após ter passado no Enem aos 14 anos – quando ainda estava no primeiro ano do ensino médio – se baseou em minha opinião de que o estudo deve ser menos sistemático e que deve valorizar mais a habilidade do que a idade. Mas não posso desconsiderar a criação recebida pelos meus pais na formulação desse meu senso crítico, pois sempre defenderam o conhecimento como algo universal, que pode ser assimilado pelas mais diversas formas, e não necessariamente aprendido de acordo com o tempo de todos, extraído da mesma fonte que todos bebem.

Meus pais também nunca foram a favor do que muitos, de forma aparentemente sensata, costumam sempre afirmar: saiba dar tempo ao tempo, pois uma coisa é certa: não há senhor do tempo senão eu. Quem faz o tempo correr a favor ou contra somos nós mesmos. Se eu não for atrás nada acontecerá. Como é que eu poderia ficar de braços cruzados esperando os 18 anos para estar preparado para uma universidade? Eu nunca estaria preparado assim.

FILÓSOFO PRUSSIANO, IMMANUEL KANT NASCEU NUMA MODESTA FAMÍLIA DE ARTESÃOS EM 1724. NÃO ERA UM ALUNO ESPECIALMENTE APLICADO, E COMEÇOU A SE INTERESSAR POR FILOSOFIA SÓ DEPOIS DOS 40 ANOS. SUA OBRA É CONSIDERADA UMA DAS MAIS IMPORTANTES JÁ ESCRITAS SOBRE A MORAL, EM LIVROS ESTUDADOS ATÉ HOJE COMO "CRÍTICA DA RAZÃO PURA" E "CRÍTICA DA RAZÃO PRÁTICA".

A preparação se faz através do esforço e da labuta com reflexão. Quando eu busco aumentar meus horizontes, através das mais variadas formas de conhecimento, o tempo ficará a meu favor. Quando todos os dias eu exercito minha mente, ela começa a ter mais resistência e se aprimora cada vez mais, funcionando como uma máquina que não se desgasta pelo uso, ao contrário – se beneficia dele. A preparação não vem através do tempo, mas com o trabalho contínuo e firme, para convencê-lo a ficar ao meu lado.

O mesmo acontece com os adolescentes que vão à academia ou se exercitam em praças, avenidas, em casa etc. Quem assim faz é porque tem um objetivo em mente: o de não ficar parado esperando sua meta chegar com o tempo. Muito pelo contrário. Através da determinação alcança seu objetivo muito mais rápido do que iria conseguir esperando sedentariamente. O treino diário faz o corpo se aprimorar e adquirir uma resistência diferenciada, assim como o exercício mental aperfeiçoa a mente.

O jovem necessita de autonomia, principalmente na maneira de se estudar e na escolha de seus objetivos. É preciso que os responsáveis concedam uma espécie de "**LIBERDADE CONDICIONAL**", que poderia funcionar como um livre-arbítrio nas decisões acadêmicas (onde, como e em que horário estudar). Em compensação, uma condição: mostrar resultados positivos, e caso não mostre, deve mudar as escolhas e/ou se reorganizar.

Entre o final do ensino fundamental e o começo do ensino médio é de suma importância que sejam estabelecidas as metas a serem alcançadas. Dentre esses objetivos o que recebe maior destaque é a escolha profissional, que, em geral, ocorre por meio do vestibular (ou Enem).

A preparação do objetivo não se dá, unicamente, ao se escolher uma carreira de trabalho, pois, se assim fosse, até realizar tal escolha, todos poderíamos ser considerados como pessoas sem objetivo. É possível compreender que a formulação da meta a ser alcançada, ao longo da vida, é algo muito mais amplo do que apenas a inscrição em determinado curso ou em determinada universidade. No meu caso, a minha opção profissional foi só um complemento do meu real plano: vencer na vida.

LIBERDADE CONDICIONAL, OU LIVRAMENTO, É UM TERMO JURÍDICO DESCRITO NO ARTIGO 83 DO CÓDIGO PENAL. ESTABELECE O SISTEMA EM QUE UM CONDENADO, AO INVÉS DE CUMPRIR TODA SUA PENA NA CADEIA, DEPOIS DE TER CUMPRIDO UMA SÉRIE DE CONDIÇÕES, PODE SER POSTO EM LIBERDADE.

Quando deixei de ir à escola por mero compromisso para com meus pais e passei a ir por compromisso comigo mesmo, o estudo passou a render muito mais. Percebi a importância que a escola assumia em minha vida e o quanto ela pode encurtar caminhos para chegar às minhas metas. Então eu passei a me seguir. Mesmo que fazendo a mesma coisa que aparentemente fazia antes, uma vez que os meios podem ser iguais para diferentes fins.

A partir do momento em que o jovem cria essa visão, ele é quem deve tomar as decisões e assumir os seus erros, principalmente no momento das escolhas profissionais que, na maioria das vezes, precisamos fazer ao chegar no ensino médio.

Se os seus pés estivessem grandes demais em relação a um par de sapatos, você não irá cortá-los para que caibam nos sapatos – mas irá procurar outro par de sapatos para seus pés. Quando uma situação não está favorável para trilharmos nossos caminhos, em direção aos nossos sonhos, precisamos nos desprender deles e escolher um novo.

Em síntese, antes de fazer qualquer coisa, devemos nos libertar dos interesses alheios, colocarmos o "eu" em cheque, compreender o que realmente queremos para nossas vidas e quais os caminhos que pretendemos seguir.

CAPÍTULO 7

A QUEBRA DO SENSO COMUM

O escritor e teólogo brasileiro Leonardo Boff, em seu livro *A águia e a galinha*, apresenta a seguinte situação: um camponês encontra um ninho de águia no chão, com um filhote muito machucado, pois tinha caído, assim como o ninho, do galho mais alto de uma das árvores mais altas da região. Como estava muito ferido, o camponês sentiu pena do filhote e começou a tratar da pequena ave, levando-a para a casa dele. Não sabia, entretanto, em qual local deixá-la, então colocou o filhote no galinheiro junto de suas galinhas. Assim a pequena águia foi crescendo e, influenciada pelo meio no qual estava inserida, começou a se portar exatamente como uma galinha.

Anos depois, o homem recebe a visita de um naturalista que, ao ver a águia no galinheiro, contesta imediatamente aquela situação e afirma que ela não é uma galinha e sim a rainha das aves, aquela que mais perto poderia chegar do sol. Mas o camponês afirma que o animal não era mais o que ele dizia, pois já havia sido uma ave de rapina, sim, quando nasceu, mas vivendo no galinheiro teria se tornado uma galinha, se comportando de forma idêntica a uma. O naturalista não se conforma e tenta fazê-la voar. Após falhar várias vezes decide levá-la ao alto de uma montanha.

Chegando lá, a águia viu que não havia galinha alguma por perto. Aos poucos foi batendo as asas e criando coragem. Depois de algumas tentativas frustradas conseguiu levantar alguns voos baixos e, então, ganhou a confiança necessária para voar em direção ao céu e ao sol, e lá foi, galhardamente, realizar o projeto de vida para o qual havia sido criada.

Também crescemos em um galinheiro, como tão bem ilustra a metáfora usada por Leonardo Boff, vivemos no galinheiro do senso comum. Águias que ficam com medo de voar e que temem não ser como as outras. E assim se acham menores do que são, pois este é o pensamento da maioria dos indivíduos. Se nos comportamos estritamente sob tal senso, isso nos levará a pensar, a estudar, sobretudo viver como a maioria, o que pode significar um suicídio dos nossos próprios princípios.

Temos que nos libertar deste senso comum, segui-lo é o mesmo que não estudar muito para não enlouquecer; é ter o professor como detentor de toda a sabedoria e considerar qualquer contestação abominável; é ter como correto que não se deve economizar dinheiro, pois quando morrermos não o levaremos conosco; é aceitar sem questionamentos que a série escolar deve ser determinada apenas em função da idade do aluno.

Mas se assim fosse, não admiraríamos tanto os grandes pensadores e cientistas, que ganharam notoriedade por meio de muito estudo e esforço; não seriam necessárias fontes de consulta paralelas para se buscar a preparação para grandes exames; os empresários que conseguiram grandes conquistas não teriam a trajetória tão comtemplada (por alguns até invejada), sendo que a grande maioria conseguiu isso através de muita dedicação e administração; a idade seria o fator que decidiria o grau de preparação e maturidade do aluno, e não os conhecimentos – que independem da idade.

Em várias ocasiões da minha vida escolar, foi muito bom contar com meus pais que nunca obedeceram ao senso comum de forma cega. Quando eu era criança – o que não faz tanto tempo assim –, antes da primeira série (atual segundo ano do ensino fundamental) havia o Alfa 1 e o Alfa 2. Como o próprio nome sugere, o objetivo de ambos era alfabetizar. Mas aprendi a ler e a escrever já no final do primeiro Alfa. Se o segundo servia unicamente para terminar o processo de alfabetização, e eu já havia concluído antes, seria desnecessário cursá-lo.

Entretanto, a diretoria da escola não aceitou que eu adiantasse o ano escolar. Foi então que meus pais pediram que eu escolhesse outra instituição para estudar. A única condição: que a nova escola aceitasse realizar uma prova de proficiência comigo. Escolhi um colégio que aceitou a realização do exame e, ao demonstrar que tinha a habilidade necessária, fui promovido à primeira série.

Um episódio da mesma natureza aconteceu anos depois, mas dessa vez por iniciativa minha. Fui aprovado no Enem antes de concluir o ensino médio. Utilizando o mesmo raciocínio, essa etapa serve para a assimilação de determinados conteúdos e para a preparação dos alunos para o ensino superior. Aprendi os conteúdos antes de concluir o terceiro ano, o que mostrei ao ser aprovado no Enem. Estudar os dois anos finais seria absolutamente desnecessário.

Mas para se matricular na universidade é preciso apresentar o certificado de conclusão de ensino médio. Então eu mesmo fiz um deferimento ao Exmo. secretário de Estado da Educação de Sergipe, pedindo uma prova de proficiência para testar os conhecimentos do segundo grau. O próprio secretário nos atendeu, mas observou que não poderia deferir o pedido, já que a Lei de Diretrizes e Bases afirma que, para realizar essa prova de conclusão é preciso ser maior de 18 anos.

Então pedi para meus pais recorrerem ao Poder Judiciário. Pesquisando o que podia sobre o assunto, encontrei a Lei nº 9.394 de dezembro de 1996. Mais especificadamente o Art. 4º, Inciso V, que afirma que o Estado tem o dever de dar o acesso aos níveis mais elevados de ensino, segundo a capacidade de cada um. Ou seja, se eu demonstro capacidade, cabe ao país abrir as portas do ensino superior para mim.

E o juiz concordou com essa Lei. Foi favorável ao meu recurso, disponibilizando a execução do exame de proficiência. Fiz o teste no mesmo dia em que saiu a decisão judicial, sem que tivessem me avisado que isso poderia acontecer, mesmo muito surpreso e nervoso consegui me sair bem. Ainda nesse dia saiu o resultado, que me descreveu como apto à conclusão do ensino médio.

Em toda a minha jornada acadêmica me deparei com situações semelhantes, principalmente no quesito relacionado à forma mais eficiente de se estudar. Muitos me instruíram a começar a resolver questões das edições anteriores do Enem só ao chegar ao terceiro ano do Ensino Médio, pois a essa altura já teria visto quase todos os assuntos de grande importância para a prova. Além do mais, sempre disseram que o adequado é não começar a se preparar antes para não se "cansar" antes do tempo.

E eu respeitei, mas não aceitei.

Caí na real ao entender que, quanto antes começasse, mais cedo estaria preparado, já que os textos da prova do Enem são muito exaustivos. No início do primeiro ano do ensino médio, quando decidi tentar resolver algumas questões, senti muita dificuldade. Ficava cansado, com dor de cabeça e me perdia constantemente entre as linhas. Mas isso não foi motivo para desistir, muito pelo contrário. Sendo uma tarefa difícil, atrasá-la por mais dois anos não me ajudaria em coisa alguma, poderia até me atrapalhar. Decidi começar a minha preparação, visando me adequar ao tempo e à leitura dinâmica.

O problema de seguir à risca o que os professores orientam, quanto ao Enem, é que eles não estão passando pelo que nós passamos próximo ao Enem. O raciocínio intelectual deles, quanto aos procedimentos, pode até ser correto. Mas há uma desconsideração dos critérios psicológicos. O melhor exemplo é aquele dado por alguém que faz o mesmo que o escritor Dan Millan, em *O manual do guerreiro pacífico*, relata no livro e transcrevo abaixo.

"Uma mãe levou seu filho ao Mahatma Gandhi e implorou: 'Por favor, Mahatma, peça ao meu filho para não comer açúcar'. Gandhi, depois de uma pausa, pediu: 'me traga seu filho daqui a duas semanas'. Duas semanas depois, ela voltou com o filho. Gandhi olhou bem fundo nos olhos do garoto e disse: 'não coma açúcar'. Agradecida – mas perplexa – a mulher perguntou: "por que me pediu para voltar em duas semanas? Podia ter dito a mesma coisa antes, da primeira vez em que estive aqui!'. E Gandhi respondeu: 'há duas semanas, eu estava comendo açúcar'".

Alguns professores argumentaram que não seria possível conseguir um bom desempenho sem antes ter cursado o segundo grau completo, condição indispensável para que eu pudesse assimilar os conteúdos. Contudo, nesse argumento encontrei meu contra-argumento, pois decerto ter ciência dos conteúdos é de suma importância para acertar questões. Mas quem disse que meu objetivo era acertar as questões?

Ao começar a resolvê-las minha meta não era acertá-las, mas compreendê-las, ver como elas funcionavam, estabelecer um método geral, assim como a filosofia de **FRANCIS BACON**, que exalta sempre o método científico para basicamente tudo que viermos a fazer. Além disso, aprenderia a ter mais controle sobre meu tempo e, principalmente, saberia o que realmente cai na prova, pois percebi que os testes de um ano têm sempre relação com o outro e boa parte é parafraseada das anteriores – ou seja, o raciocínio de resolução é o mesmo, só mudando o contexto da questão.

CONSIDERADO O GRANDE PRECURSOR DO MÉTODO MODERNO DE PESQUISA CIENTÍFICA, FRANCIS BACON NASCEU EM 1561, NA INGLATERRA. POLÍTICO, ENSAÍSTA, FOI TAMBÉM UM ALQUIMISTA, E EM SUAS INVESTIGAÇÕES EXPLOROU O EMPIRISMO E A METODOLOGIA CIENTÍFICA. UMA FRASE DE SIR BACON QUE NÃO DEVÍAMOS ESQUECER: "NÃO EXISTE COMPARAÇÃO ENTRE AQUILO QUE É PERDIDO POR NÃO SE OBTER ÊXITO E AQUILO QUE É PERDIDO POR NÃO SE TENTAR".

Assim como a abertura política do Brasil para a democracia, segundo o ex-presidente Ernesto Geisel, comecei minha maratona de questões de forma lenta, gradual e segura. Iniciaria com poucas, aumentando de acordo com o meu progresso e com o compromisso de resolvê-las todos os dias. Passei a ter estreita relação com as provas e a conhecer quais conteúdos estavam presentes com maior frequência.

Considerando que no início resolvia dez questões e terminei a uma média de 20 questões por dia, prosperei muito. Pode parecer pouco, mas minha determinação era tamanha que não passei um dia sequer sem resolvê-las. Assim, apenas 20 questões por dia, no final se tornaram um número exorbitante – imagine seis meses nesse ritmo, o que confere uma média de 3.600 questões, resultando em um embasamento enorme para as provas. Ainda no começo do primeiro ano do ensino médio, portanto, já tinha grande conhecimento do exame que viria a enfrentar no final do ano. A partir daí, foi só correr atrás dos conteúdos necessários.

No amor, na guerra e para passar no Enem vale tudo, pois como disse o escritor Caio Fernando Abreu, "quem quer arranja um meio, quem não quer arranja uma desculpa". Dar uma desculpa não estava em meus planos, então corri atrás dos meios.

De tudo que consultei para aprender, posso destacar: os livros (sim, em pleno século 21 os livros ainda são as formas mais seguras e ricas de aprendizado), a internet (principalmente pelos materiais digitais que estão disponíveis, como por exemplo os e-books ou até mesmo as páginas convencionais) e os aulões de revisão de que participei. Os aulões organizados pelo Governo do Estado de Sergipe nos finais de semana foram de importância vital em minha trajetória (inclusive, depois de minha aprovação e quando comecei a ministrar palestras, também já participei desses eventos, só que agora como "professor").

Assim, toda forma de conhecimento é válida e de uma maneira ou de outra terá alguma importância em sua vida. Eu nunca me esqueço de que até um "pé na bunda" nos empurra para frente. Como o que aconteceu com o americano **MARK ZUCKERBERG**, quando recebeu um fora de uma garota. Essa foi uma das motivações que o levou a desenvolver um site que, inicialmente, apenas avaliava a beleza das garotas da Universidade de Harvard. O tal site, o Facebook, acabou se tornado a rede social com maior número de usuários do mundo – e ele um dos homens mais cobiçados da faculdade e um dos mais ricos do planeta.

Através da ótica de Boff, nós, seres humanos, viemos ao mundo com a missão de alcançar nossos objetivos e sonhos, e os empecilhos só são colocados em nossos caminhos para não deixar que nos esqueçamos de que através das dificuldades é que encontramos as qualidades. Lembro com riqueza de detalhes do medo de me esquecer de tudo quando a prova viesse, até mesmo medo de sentir medo na hora H. Mas tudo isso só me fez compreender que a ansiedade é uma das peculiaridades do ser humano. Sendo que uns demonstram mais que outros. Mas o que vale é se concentrar e pensar que o Enem é apenas mais uma etapa em nossa vida, e que se realmente você se esforça não há coisa alguma a temer.

O INVENTOR DO FACEBOOK COMEÇOU A USAR COMPUTADORES QUANDO CRIANÇA E A CRIAR SOFTWARES JÁ NO ENSINO MÉDIO – ONDE TAMBÉM GANHOU VÁRIOS PRÊMIOS EM ASTRONOMIA, MATEMÁTICA E FÍSICA. FOI NA UNIVERSIDADE DE HARVARD QUE MARK ELLIOT ZUCKERBERG, NASCIDO NO ESTADO DE NOVA YORK EM 1984, CRIOU O SITE QUE SE TORNOU A REDE SOCIAL COM MAIOR USUÁRIOS EM TODO MUNDO. POR SER DALTÔNICO, ZUCKERBERG VÊ AZUL MELHOR – A COR DOMINANTE DO FACEBOOK.

Enfim, nós devemos e precisamos nos soltar dos grilhões desses pensamentos negativos e retrógrados e exercitar o nosso senso crítico, para que com ele possamos encarar a realidade com ciência do que realmente acontece, e progredir ao máximo. Isto é, sair desse "galinheiro" onde passamos boa parte da nossa vida, através de nossas próprias realizações para alcançar o ápice de nossos projetos.

Não se deixe abalar por situações árduas, pois não serão difíceis só para você. Os obstáculos impostos em nossas vidas servem não para nos desanimar, mas para mostrar o quão somos capazes e até onde podemos chegar, isto é, eles vêm para não nos deixar esquecer que somos águias e o céu é o nosso lugar.

CAPÍTULO 8

ENEM: O BICHO DE CINCO CABEÇAS

E lá estávamos em plena sexta série (hoje equivalente ao sétimo ano) do ensino fundamental. Ansiosos e receptivos, aguardando o novo professor de português. E quando ele chegou, mergulhamos todos naqueles minutos de silêncio – talvez os únicos de que ele viesse a desfrutar na nossa turma – durante sua apresentação. No final da aula, quando ele pergunta se alguém tem dúvidas, começou o questionário sobre o que quase todo aluno mais teme: as provas.

"Como é a prova? Ela é difícil? E as questões, como são? Ela é difícil? São quantas questões? E a prova é difícil? Se não der tempo pra terminar a prova? E ela vai ser difícil?" – essas são as perguntas clássicas que todo professor deve escutar em seu primeiro dia de aula. Mas com toda a paciência do mundo o novo instrutor respondeu uma a uma.

Começou dizendo que a prova só é difícil para quem não estuda (célebre resposta, acho que deve haver uma disciplina na faculdade que ensine frases de efeito, como essa). Depois comentou que a prova teria dez questões e que seriam mistas, isto é, um grupo como a que estávamos habituados a fazer, as famosas questões de escrever, e um outro com questões objetivas.

"Ah, sim, mas o que são questões objetivas?" – perguntei. E ele disse que aquelas vulgarmente conhecidas como questões de marcar xis. Ouvir isso foi um alívio, e disse ainda que se era de marcar xis seria fácil. O professor discordou e disse que se fosse fácil todo mundo passaria no Enem. Eu já havia assistido uns comerciais do Ministério da Educação falando sobre esse tal Enem, em que falavam, inclusive, que não era uma prova decoreba. Mas eu não sabia nem o que era decoreba, quanto menos o que seria o Enem.

O professor explicou que o Enem significa Exame Nacional do Ensino Médio, e que serviria para ingressar na faculdade, sobretudo a partir do ano seguinte (2012) , quando a UFS (Universidade Federal de Sergipe) usaria exclusivamente a nota conquistada nesse exame para a admissão em qualquer curso. A partir daí, compreendi o que realmente esse tal de Enem viria a representar para mim.

Já tinha em mente que queria ser médico. Não simplesmente pela biologia ou por algo do tipo, mas porque sempre fui apaixonado pela geriatria (parte da medicina dedicada ao auxílio do processo de envelhecimento). Além do mais, sou um entusiasta por consultório, pela relação médico-paciente, a parte prática da medicina, digamos assim.

"Lembrem-se dos gibis que vocês leem, das tirinhas do Garfield, dos nomes dos movimentos do vôlei — dizia — cai no Enem". Aí fiquei intrigado, em que consistiria essa prova então? Foi a partir desse momento que comecei minha busca, para saber como ultrapassar essa nova barreira que me separava do meu sonho. Fiquei depois da aula para perguntar um pouco mais sobre o exame. Ao chegar em casa tirei minhas dúvidas também com meus pais. E ainda pesquisei na internet sobre tal assunto. Todos esses meios me apontavam para a mesma direção: uma prova híbrida, composta principalmente por questões que envolvem leitura interpretativa, raciocínio lógico e conhecimento de mundo. Sendo que a maior dificuldade consiste nos grandes textos apresentados e no tempo reduzido para resolver um número imenso de questões.

Ao longo das minhas sétima e oitava séries do ensino fundamental passei a encarar essa prova não mais como uma barreira, mas como o caminho para alcançar meu sonho. É assim que devemos tratá-la, como um ajudante e não um empecilho. E mesmo que fosse tratada como um inimigo, como orientou Lao-Tsé, mantenha os amigos perto e os inimigos mais perto ainda (essa frase foi dita em vários filmes e séries, destacando-se em *O poderoso chefão*).

É mesmo fundamental olhar o Enem com outros olhos, tratá-lo como um verdadeiro organismo, que por sua vez possui inúmeras peculiaridades, pois, como diz Sun Tzu, em seu livro mais célebre, *A arte da guerra*, a melhor batalha é aquela que é vencida sem desembainhar a espada.

Foi no começo do meu primeiro ano do ensino médio que decidi ir a fundo na estrutura do exame e ficar preparado, de fato, para realizar o Enem. Em geral, o pessoal recorre unicamente às pesquisas na internet, sobretudo videoaulas, e aos professores (justamente o que eu fazia no final do ensino fundamental). Mas só isso não dá o resultado esperado, é necessário mais, temos que entrar de cabeça no que realmente almejamos.

Se todos esses conselhos que nós recebemos são sobre um mesmo assunto, então eles bebem em uma mesma fonte. Inicialmente, trabalhei em cima de compreender o edital inteiro e ir atrás de assunto por assunto. Mas vi que isso não surtia o devido efeito, até porque existem assuntos demais para serem estudados e não há tempo possível para estudar todos.

Em seguida fui atrás de assistir o máximo de aulas possível — seja presenciais ou à distância — para pegar as raízes do Enem já bem mastigadinhas. Para poder economizar o máximo de tempo, para assimilar os conteúdos do ensino médio mais rapidamente e poder fazer o exame (que seria no final do ano) com chances reais de aprovação. Ao realizar alguns simulados, entretanto, senti na pele que realmente estava indo pelo caminho errado, ou ao menos pelo caminho certo, mas não mais curto.

Por fim encontrei o método adequado. Ir direto para as questões das edições anteriores, pois resolvendo muitas questões antes de ir para os conteúdos saberemos o que realmente cai com frequência no

Enem, além de nos adequar melhor ao tempo. E para poder ter a facilidade de leitura (já que existem muitos textos que assustam só de ver), nada melhor que começar pela leitura convencional, principalmente de livros, não necessariamente tendo que começar logo por eles.

A leitura ainda é a forma mais segura de se obter conhecimento, que por sua vez é a moeda de mais valor e comercialização em qualquer lugar que nós formos. E ela pode ser feita de inúmeras formas, pois diferentemente do que a colossal maioria das pessoas acha, ler revistas, histórias em quadrinhos, romances e, principalmente, notícias em jornas, tem tanta eficiência quanto ler um livro específico. A única distinção é que este aborda um assunto restrito, enquanto aqueles exploram um rol de variedades, trazendo maior atualização e estimulando mais o raciocínio lógico.

Um dos exemplos mais próximos que tenho, além de meus pais que são professores, é o meu tio Antônio Mendonça, conhecido por Chapéu Preto. Mesmo tendo baixo nível de escolaridade, sem concluir nem o ensino fundamental, é um dos maiores leitores que conheço. Sobretudo quanto a notícias, acredito que seja uma das pessoas mais atualizadas (seja sobre política, segurança pública etc.) com quem tenho contato.

Foi dessa maneira, através da leitura, que surgiu uma imensidão de personalidades ímpares. Como é o exemplo de Raul Seixas, o qual passou a infância inteira mergulhado nos livros que o pai tinha. A música era uma atividade secundária na vida dele, seu foco eram os assuntos mais ontológicos, metafísicos, algo de suma importância para se ter senso crítico e visão reflexiva sobre o mundo.

Algo parecido ocorreu com o escritor e médico Moacyr Scliar, que foi mais fundo ao afirmar que na casa onde morava podiam faltar roupas e até comida, mas a mãe nunca deixou que houvesse ausência de livros, sobretudo os de Monteiro Lobato e Érico Veríssimo. Isso mostra a devida atenção que a educação sempre recebeu em sua família.

Sem dúvida a leitura é um divisor de águas na vida de qualquer ser humano. Podemos começar, para criar o hábito, por revistas sobre assuntos regionais ou ligados ao nosso hobby, não importa se é astrologia, história, política, economia, moda, isso é o de menos. O que realmente importa é que seja algo que dê prazer ao ler.

Um dos fatores que me estimulou à leitura foi que em meu município, Itabaiana, no interior do menor estado da Federação, há uma Bienal do Livro. Isso é algo muito importante para desenvolver uma cidade. A Bienal conta com Domingos Pascoal, um dos organizadores e que também foi organizador dos concursos literários de que participei em minha vida (I e II Antologia de Conto, Crônica e Poesia), feitos pela Loja Maçônica Cotinguiba.

Uma coisa é certa: quem tem um bom hábito de leitura sai na *pole position* em se tratando de Enem. Ganhamos um condicionamento diferenciado para aguentar as várias horas seguidas. E também, devido ao tempo escasso de três minutos por questão (4,5 horas × 60 minutos = 270 minutos ÷ 90 questões = 3 minutos/questão) é necessária uma leitura dinâmica, ao menos rápida e objetiva, para dar tempo de resolver toda a prova.

Outro problema é que boa parte dos que vão fazer o exame já chegam convencidos de que não dará tempo para resolver todas, e que vão ter que entregar os resultados ao acaso (terão que chutar, em outras palavras). Temos que chegar confiantes. Com pensamento positivo, pois se nós fizemos por onde, desenvovlendo o hábito de leitura e resolvendo questões cotidianamente, não há o que temer.

O Enem é como a **HIDRA DE LERNA**, aquela enfrentada por Hércules. A diferença é que o Enem só tem cinco cabeças, uma para cada caderno (Ciências humanas e suas tecnologias; Ciências da natureza e suas tecnologias; Linguagens, códigos e suas tecnologias; Matemática e suas tecnologias) e uma para a redação. E semelhante à Hidra, simplesmente cortando a cabeça não se resolve o problema, temos que ir direto ao ponto.

Uma das peculiaridades desse exame e que deixa muitas pessoas com dúvida é a diferença entre competência e habilidade. Há uma gama de variedades quanto ao significado de ambas. Mas trazendo para a prática, seria basicamente isto: uma dona de casa dispõe de um salário mínimo que o marido recebe para pagar as contas e fazer as compras do mês, essenciais para mantê-los e a seus cinco filhos.

Essa mulher precisa ter competência suficiente para saber o que comprar com o dinheiro que sobra, depois de ter pagado as contas e comprado materiais de limpeza e higiene. Já que um mês tem aproximadamente trinta dias e que cada dia tem três refeições, ela tem que ser competente a ponto de saber distinguir o importante do essencial e poder alimentar todos.

Por exemplo, em vez de comprar um pacote de macarrão, um pote de molho de tomate, um pouco de carne moída, presunto e mussarela – que sairia tudo em torno de vinte reais – para fazer uma lasanha de jantar para sua família, ela compra um pacote de 500 gramas de massa de milho (para fazer cuscuz) e meia dúzia de ovos – que sairia em torno de cinco reais. Nas duas situações ela estaria alimentando todos, mas na segunda seria mais econômica, visto que tem poucos recursos e muitas despesas. Isso é ser competente.

FIGURA MITOLÓGICA DA GRÉCIA, A HIDRA DE LERNA ERA UM MONSTRO COM CORPO DE DRAGÃO E NOVE CABEÇAS DE SERPENTE. O SEGUNDO DOS 12 TRABALHOS DE HÉRCULES FOI A DESTRUIÇÃO DO ANIMAL APARENTEMENTE INDESTRUTÍVEL, JÁ QUE AO TER UMA DAS CABEÇAS DECEPADAS, NASCIAM DUAS NO LUGAR. HÉRCULES PRECISOU USAR DE UM ESTRATAGEMA – PEDIU A AJUDA DE UM AMIGO PARA, TÃO LOGO CORTASSE UMA CABEÇA, ELE QUEIMASSE O CORTE E ASSIM IMPEDISSE QUE OUTRA NASCESSE NO LUGAR. A HIDRA SIMBOLIZARIA NOSSO MONSTRO INTERIOR, OS VÍCIOS E VAIDADES, QUE PRECISAM SER DOMINADOS DE FORMA RADICAL, OU SUAS CABEÇAS CONTINUAM CRESCENDO CADA VEZ MAIS.

Entretanto, mesmo sabendo fazer as escolhas corretas ao comprar os alimentos, é bem capaz que eles acabem antes do esperado. Então, é necessário ter habilidade suficiente para fazer com que aquilo que se tem dure o mês inteiro. Aí estão inclusos todos os métodos que são utilizados para fazer a comida render. Como, por exemplo, ao invés de cozinhar toda a carne que ainda tem em um único dia, dividir para dois com o intuito de ter mais um pote de molho e, na hora de comer, misturar esse molho com farinha. Ou então, ao invés de fritar um ovo para cada para comer com o cuscuz, pode fazer a tal meia dúzia em ovos mexidos e distribuir o total de acordo com a necessidade de cada um. Isso é ser hábil.

Portanto, assim acontece no Enem, vamos ver essa questão:

A varfarina é um fármaco que diminui a agregação plaquetária, e por isso é utilizada como anticoagulante desde que esteja presente no plasma, com uma concentração superior a 1,0 mg/L. Entretanto, concentrações plasmáticas superiores a 4,0 mg/L podem desencadear hemorragias. As moléculas desse fármaco ficam retidas no espaço intravascular e dissolvidas exclusivamente no plasma, que representa aproximadamente 60% do sangue em volume. Em um medicamento, a varfarina é administrada por via intravenosa na forma de solução aquosa, com concentração de 3,0 mg/mL. Um indivíduo adulto, com volume sanguíneo total de 5,0 L, será submetido a um tratamento com solução injetável desse medicamento. Qual é o máximo volume da solução do medicamento que pode ser administrado a esse indivíduo, pela via intravenosa, de maneira que não ocorram hemorragias causadas pelo anticoagulante?

A) 1,0
B) 1,7
C) 2,7
D) 4,0
E) 6,7

Essa é uma das questões que mais gosto de resolver em minhas palestras, para explicar o significado de competência e habilidade na prova. Ao pedir para resolver, muitos só de cara já dizem que não sabem, mas pergunto: "vocês sabem regra de três?". Quase todos afirmam que sim. Só de saber regra de três já mostram que tem competência, pois só precisamos conhecer essa propriedade da matemática básica para resolver essa questão. Falta a habilidade para direcionar de maneira certa a competência, encontrando o item correto.

RESOLUÇÃO

Como o texto-base afirma que a varfarina será dissolvida exclusivamente no plasma, que é equivalente a 60% do sangue, e diz que o indivíduo da questão tem cinco litros de sangue, fazemos a nossa primeira regra de três:

5 litros = 100%

x litros = 60%

Multiplicando os meios pelos extremos (como as setas), temos que:

$5 \times 60 = 100 \times x$
$300 = 100x$, como temos zeros dos dois lados simplificamos:

$3 = x$ ou $x = 3$ L

Assim vemos que o fármaco será dissolvido em 3,0 litros. Como o texto traz que a concentração máxima da varfarina é de 4,0 mg/L – para não haver hemorragia – então surge a segunda regra de três:

4 mg = 1 L

x mg = 3 L, realizando da mesma maneira, temos que:

$4 \times 3 = 1 \times x$
$12 = x$ ou $x = 12$ mg

E como ela será administrada por via intravenosa, como solução aquosa, com concentração de 3 mg/ml, eis que formamos a terceira e última regra de três:

3 mg = 1 ml

12 mg = x ml, de forma idêntica, concluímos que,

$3 \times x = 12 \times 1$
$3x = 12$, simplificando ambas as partes por três dá:

$3x = 12\ (\div 3)$
$X = 4$ ml

Logo o volume máximo a ser administrado da varfarina, para que não cause hemorragias, é 4 ml. Resposta correta letra **D**

Percebi que estava preparado quando, antes de fazer a prova, meu pai pediu para que eu fosse a uma turma de oitava série em que ele dava aula, na Escola Técnico-Agrícola Prefeito João Alves dos Santos. O objetivo era apresentar o Enem aos alunos e resolver questões com eles. Foi o momento em que de fato me senti em condições para enfrentar o Enem.

Mais que aprender a lidar com o exame, dele me tornei admirador, pois é uma prova atual – moldada a partir de acontecimentos recentes – e que consegue conciliar perfeitamente a teoria com a prática, partindo de situações cotidianas e deixando a seu critério o método de resolução. Um dos melhores exemplos que vejo para falar sobre o fato de ser uma prova prática e cotidiana é esta questão:

ENEM 2013 | CIÊNCIAS DA NATUREZA E SUAS TECNOLOGIAS

Em um experimento, foram utilizadas duas garrafas PET, uma pintada de branco e a outra de preto, acopladas cada uma a um termômetro. No ponto médio da distância entre as garrafas, foi mantida acesa, durante alguns minutos, uma lâmpada incandescente. Em seguida, a lâmpada foi desligada. Durante o experimento, foram monitoradas as temperaturas das garrafas: a) enquanto a lâmpada permaneceu acesa e b) após a lâmpada ser desligada e atingirem equilíbrio térmico com o ambiente.

A taxa de variação da temperatura da garrafa preta, em comparação à da branca, durante todo experimento, foi:

A igual no aquecimento e igual no resfriamento.
B maior no aquecimento e igual no resfriamento.
C menor no aquecimento e igual no resfriamento.
D maior no aquecimento e menor no resfriamento.
E maior no aquecimento e maior no resfriamento.

Para resolver esta questão não é necessário muito mais que conhecimento de mundo, compreende a capacidade de absorção e liberação de calor.

RESOLUÇÃO

Quando se acende a lâmpada, precisamos saber qual garrafa terá maior taxa de variação de temperatura, em outras palavras, qual esquentará mais. Aí pergunto: "Em um dia ensolarado, normalmente você sairá com uma roupa clara ou escura?". Normalmente, é certo que sairia com roupa clara, pois temos conhecimento que cores escuras esquentam mais rapidamente. Portanto, a garrafa preta tem maior taxa de variação no aquecimento.

Mas, e quanto ao resfriamento? Em geral, acreditamos que a cor branca term maior taxa de resfriamento. Todavia, vamos considerar a evolução das espécies, proposta por Darwin. Segundo ele, as espécies sofreram um processo de adaptação natural — o urso polar, por exemplo, se adaptou ao frio. E a cor dos pelos do urso polar é branca? Claro que sim. Então, ele se adaptou ao frio com a cor branca, portanto essa cor perde menos calor que a cor preta, pois o animal não iria se adaptar para morrer de frio, teria que ficar resistente a ele e conseguir não perder seu calor, digamos assim. Logo, a garrafa preta também tem maior variação de temperatura no resfriamento.

Resposta correta letra **E**

Além disso, a grande maioria das questões do Enem envolvem três pontos:

INTERPRETAÇÃO TEXTUAL – ler ≠ compreender ≠ interpretar ; ler é tão somente decodificar sinais; compreender é decodificar e entender o que realmente aqueles sinais significam; interpretar é saber correlacionar a compreensão com algo que não está inserido ali no texto. Uma maneira muito boa de desenvolver esse lado é ter uma boa gama de leitura e resolver muitas questões de Ciências humanas e Linguagens.

RACIOCÍNIO LÓGICO – é a arte de sabermos resolver a questão com coerência, com uma organização concisa de ideias. Sem necessariamente ter alguma fórmula. Está mais atrelado à matemática, mas é notável em todas as áreas do conhecimento. Uma das melhores maneiras de desenvolver este raciocínio (pelo lado matemático) é resolvendo questões da OBMEP (Olimpíada Brasileira de Matemática das Escolas Públicas).

CONHECIMENTO DE MUNDO – é não só estar atualizado (que é de colossal importância), mas também saber correlacionar o dia a dia com a teoria. Como por exemplo saber que quando colocamos água para ferver é correto diminuir o nível das chamas do fogão para economizar gás – já que substâncias puras fervem a temperatura constante (claro que a água do nosso cotidiano não é pura, mas nas questões assim a consideramos).

Um bom exemplo para ilustrar o significado da palavra "interpretação " no Enem é a seguinte questão:

ENEM 2013 | LINGUAGENS, CÓDIGOS E SUAS TECNOLOGIAS

Secretaria de Cultura
EDITAL
NOTIFICAÇÃO – Síntese da resolução publicada no Diário Oficial da Cidade, 29/07/2011 – página 41 – 511.a Reunião Ordinária, em 21/06/2011.

Resolução nº 08/2011 – TOMBAMENTO dos imóveis da Rua Augusta. nº 349 e nº 353, esquina com a Rua Marquês de Paranaquá, nº 315. nº 327 e nº 329 (Setor 010, Quadra 026, Lotes 0016-2 e 00170-0), bairro da Consolação. Subprefeitura da Sé, conforme o processo administrativo nº 1991-0.005.365-1.
Folha de S. Paulo, 5 ago. 2011 (adaptado)

Um leitor interessado nas decisões governamentais escreve uma carta para o jornal que publicou o edital, concordando com a resolução sintetizada no Edital da Secretaria de Cultura. Uma frase adequada para expressar sua concordância é:

A Que sábia iniciativa! Os prédios em péssimo estado de conservação devem ser derrubados.
B Até que enfim! Os edificios localizados nesse trecho descaracterizam o conjunto arquitetônico da Rua Augusta.
C Parabéns! O poder público precisa mostrar sua força como guardião das tradições dos moradores locais.
D Justa decisão! O governo dá mais um passo rumo à eliminação do problema da falta de moradias populares.
E Congratulações! O patrimônio histórico da cidade merece todo empenho para ser preservado.

Esse, de fato, é o tipo de questão que realmente mostra que o Enem vai além do "é só ler a questão que dá para responder". Caso a pessoa não interprete, isto é, não traga algo de fora, só pelo significado da palavra "tombamento" não acertaria a questão.

RESOLUÇÃO

Precisamos encontrar um item que concorde com o tal "Tombamento dos imóveis da rua Augusta". Então é necessário, antes de tudo, conhecer o que significa a palavra "tombamento". Ao contrário do que muitos acham, essa palavra não vem de "tombo", no sentido de cair/ser derrubado. Quer dizer deixar imóveis de valor cultural e/ou interesse público sob guarda do Governo, resultando em sua preservação. Portanto a resposta correta é a letra **E**

Uma das coisas que mais chama atenção no Enem é a sua estrutura marcante. Ao invés de ser dividida por matérias é dividida por cadernos, que unem as matérias por eixos comuns. Sendo quatro cadernos mais a prova da redação, todos divididos em dois dias. No primeiro com duração de quatro horas e meia, já no segundo o tempo é de cinco horas e meia:

1º DIA

- CIÊNCIAS HUMANAS E SUAS TECNOLOGIAS (HISTÓRIA, GEOGRAFIA, FILOSOFIA E SOCIOLOGIA)
- CIÊNCIAS DA NATUREZA E SUAS TECNOLOGIAS (FÍSICA, QUÍMICA E BIOLOGIA)

2º DIA

- LINGUAGENS, CÓDIGOS E SUAS TECNOLOGIAS (PORTUGUÊS, LITERATURA, ARTE E EDUCAÇÃO FÍSICA)
- MATEMÁTICA E SUAS TECNOLOGIAS
- REDAÇÃO

Outro ponto positivo para este exame é o fato de ele valorizar disciplinas que por poucos são valorizadas. Como, por exemplo, a filosofia, a sociologia, a arte e a educação física.

ENEM 2013 | LINGUAGENS, CÓDIGOS E SUAS TECNOLOGIAS

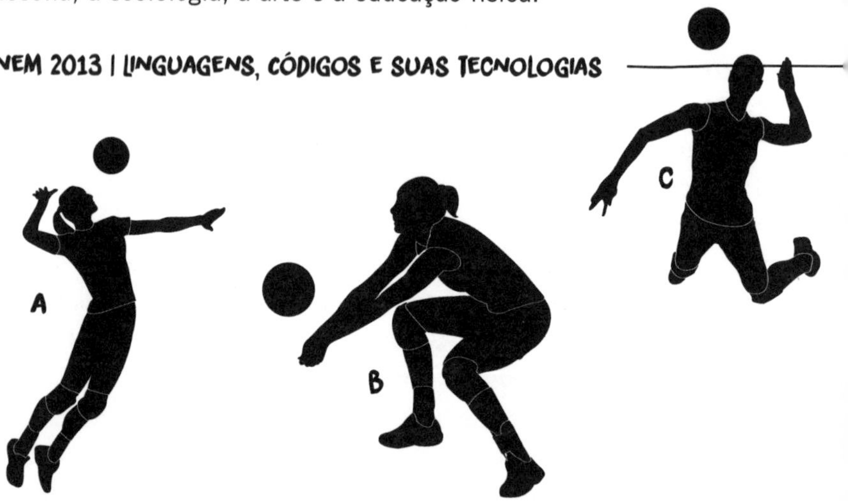

O voleibol é um dos esportes mais praticados na atualidade. Está presente nas competições esportivas, nos jogos escolares e na recreação. Nesse esporte, os praticantes utilizam alguns movimentos específicos como: saque, manchete, bloqueio, levantamento, toque entre outros. Na sequência de imagens, identificam-se os movimentos de:

A) sacar e colocar a bola em jogo, defender a bola e realizar a cortada como forma de ataque.
B) arremessar a bola, tocar para passar a bola ao levantador e bloquear como forma de ataque.
C) tocar e colocar a bola em jogo, cortar para defender e levantar a bola para atacar.
C) passar a bola e iniciar a partida, lançar a bola ao levantador e realizar a manchete para defender.
E) cortar como forma de ataque, passar a bola para defender e bloquear como forma de ataque.

Quem poderia sonhar que um vestibular a nível nacional daria espaço para matérias que sempre foram desprezadas, mas que têm importância social no país como a Educação Física?

RESOLUÇÃO

Ao observar as imagens atentamente nota-se que, na primeira, o jogador está sacando a bola para colocá-la em jogo; na segunda o atleta está defendendo a bola (diferente do que pode se pensar a primeira vista, não está realizando uma manchete); e, na última imagem, o jogador (que está em primeiro plano, ao lado direito) está realizando uma cortada como forma de ataque. Então a resposta correta é a letra **A**

Mas para saber como proceder na hora da prova (quanto ao tempo, ordem dos cadernos, como passar para o gabarito etc.) é necessário compreender a hierarquia de importância na participação da nota final. Aí é preciso compreender o método utilizado para cálculo da nota, a TRI (Teoria de Resposta ao Item):

Uma de suas peculiaridades da **TRI** é estabelecer a nota não pelo número de acertos, e definir, por exemplo, que dois participantes que tenham acertado o mesmo número de questões só terão a mesma nota se acertarem as mesmas questões. Além disso, mesmo acertando todas as questões de um caderno não se consegue tirar 1000, assim como errando todas as questões ninguém tira zero.

O que acontece é o seguinte: inicialmente, o sistema analisa quais questões você acertou e quais você errou. Num exame de dez questões, por exemplo, seis são fáceis e quatro são difíceis. Se você acerta três fáceis e erra as quatro difíceis está fora do padrão. Como você erra uma questão fácil e acerta uma difícil? Claro que pode haver nervosismo, mas na maioria das vezes isso indica que houve um "chute".

Não que esse acerto venha a diminuir a nota, mas receberá menos pontos do que coerência nos acertos. Uma pessoa que sabe uma questão fácil não é obrigada a saber a difícil, mas a que sabe resolver uma difícil tem o dever de saber resolver a fácil: é como uma escada. “Como é que sei como funcionam as relações trigonométricas, mas não sei que a soma dos ângulos internos de um triângulo equivale a 180°?”, isso é incoerente.

TRI – TEORIA DE RESPOSTA AO ITEM

1	**(A)**	B	C	D	E	X	FÁCIL	
2	A	B	**(C)**	D	E	X	FÁCIL	
3	A	**(B)**	C	D	E	X	FÁCIL	
4	A	B	C	**(D)**	E	X	FÁCIL	
5	**(A)**	B	C	D	E	X	FÁCIL	
6	A	**(B)**	C	D	E	X	FÁCIL	FORA DO PADRÃO
7	A	B	C	**(D)**	E	X	FÁCIL	
8	A	**(B)**	C	D	E	✔	DIFÍCIL	
9	A	B	C	D	**(E)**		FÁCIL	
10	**(A)**	B	C	D	E		FÁCIL	

Mas também, se não soube é melhor chutar do que deixar em branco. A resposta em branco é automaticamente erro, e erro não pontua. Já um acerto por chute (que tem 20% de chances de acontecer) pontua. Caso seja incoerente pontuará pouco, mas ainda assim será melhor que deixar em branco.

Após isso, o sistema faz uma “média geral” quanto aos acertos e identifica qual é o distanciamento em relação a essa média. Por isso que não dá para tirar 1000 nas provas objetivas e nem dá para tirar zero, pois você nunca irá se distanciar completamente da média geral, nem para mais, nem para menos.

Tomemos como base as notas máximas e mínimas do Enem:

CADERNO	MÍNIMA	MÁXIMA	MÉDIA
CIÊNCIAS HUMANAS	324,8	862,1	546,5
CIÊNCIAS DA NATUREZA	330,6	876,4	482,2
LINGUAGENS E CÓDIGOS	306,2	814,2	507,9
MATEMÁTICA	318,5	973,6	473,5

Baseados nessa tabela, podemos concluir que, por exemplo, Matemática foi o caderno em que os participantes mais erraram, pois a média foi a menor. Consequentemente, as pessoas que mais acertaram (responderam corretamente as 45 questões) tiveram o maior distanciamento, resultando na maior nota possível.

Como as pessoas erram mais as questões de Matemática e Ciências da natureza, essas são mais valorizadas na hora da pontuação, merecendo maior destaque no momento de realização das provas. Assim, no primeiro dia do Enem, ao pegar os cadernos, resolvo primeiro as questões de Ciências da natureza, pois além de serem mais vantajosas na pontuação, têm um maior grau de complexidade por causa dos cálculos, já que para resolvê-los deve-se estar com a cabeça mais descansada. Entre ter maior aproveitamento com os cálculos (de natureza) ou com os textos (de humanas) é melhor dar prioridade ao que dá maior certeza de alta pontuação.

O mesmo acontece no segundo dia. Comece por Matemática, pela sua garantia de resultado e complexidade de cálculos. A partir daí, leia a proposta de redação e vá para Linguagens, pois é mais fácil fazer a redação depois de ter passado por vários textos de linguagem padrão. Em geral, os professores orientam fazer a redação primeiro, mas quando se tem uma estrutura bem formulada e boa leitura ela se torna a parte mais simples do Enem.

Na sala o aplicador indica a hora removendo algumas placas com os horários. Ele indica o decorrer da prova a cada 30 minutos (com exceção do final, quando esses avisos ocorrem a cada 15 minutos). Assumi o compromisso de na meia hora inicial ter concluído ao menos sete questões, seja de Matemática ou das Ciências naturais, e nessas duas só passar para o gabarito ao resolver todas as 45 questões (sendo que, quando vejo que a questão será muito trabalhosa eu pulo e deixo todas essas para o final para não atrapalhar as questões mais simples, sendo favorecido pelo TRI).

Ao concluir essa etapa, tanto nas Ciências humanas quanto em Linguagens o compromisso é de realizar 13 questões nos 30 minutos iniciais – para compensar as sete dos primeiros cadernos. E quanto ao gabarito, sempre senti deficiência em deixar para passar para o gabarito todas as 45 questões só no final da prova. Em geral, perco questões por displicência, já que a essa altura estou muito cansado. Se gasta muito tempo para passar para o gabarito cada questão resolvida, pois se exige o deslocamento da atenção diversas vezes. Então, a cada página resolvida, independente do número de questões que ela contenha, passo as respostas para o gabarito. Nesse ritmo sobra, para fazer a redação, uma hora ou uma hora e meia em média.

No grande dia, não sabia nem que horas deveria despertar. Como estava à toa, resolvi me levantar às nove horas da manhã (em Sergipe, como orientam chegar com uma hora de antecedência ao local de prova, o recomendado seria estar lá às 11 horas). Então optei por não tomar café da manhã, esperando apenas para almoçar.

Após pensar bem, resolvi levar algumas barras de cereais e bastante chocolate (mas não aconselho que o façam, pois o doce vai ficando quente devido à falta de refrigeração nas salas e isso pode acarretar problemas intestinais em vocês, e isso eu não quero ver!). Além disso, levei e tomei energético (o que para mim foi como assinar um atestado de verdadeiro banana – e verde por sinal –, por que tomar a bebida e passar cinco horas sentado é sentir a excitação e a ansiedade crescerem demais, o que naturalmente não deu muito certo). Faltou dizer que levei água, muita água. Exceto no segundo dia, cuja reserva foi terminada antes mesmo de a prova começar. Isso me obrigou a pedir uma garrafa emprestada ao colega sentado a minha frente – esse sim tinha levado bastante água.

Ao chegar na sala sempre procuro sentar encostado à parede (para poder encostar a cabeça na parede) e no fundo (em geral, fico mais à vontade porque poucas pessoas gostam de sentar no fundo, então dá para empurrar a cadeira da frente para mais longe e poder ficar mais folgado). Porém não era a melhor sala que eu poderia imaginar (na verdade era a pior que eu poderia imaginar), pois era um pouco escura, quente, sem ventiladores e nem brisa de ar, além de ter cadeiras nada confortáveis. Mas olhei pelo lado bom: em outro Enem que eu viesse a realizar havia grandes chances de meu nome sair em um colégio melhor (a menos que saísse no mesmo).

Enfim, o Enem é igual à Hidra. É o nosso bicho de cinco cabeças – de qualquer forma será difícil vencê-lo. Mas se for com um método pronto, estaremos a poucos passos da vitória. E esse método é aquele baseado na resolução de questões, pois com elas nós iremos conhecer a fundo a prova que enfrentaremos e, mais do que isso, conheceremos melhor a nós mesmos bem como o nosso próprio nível, pois o Enem é mais que um desafio intelectual, é também um desafio físico e psicológico.

E ainda nos dá uma grande velocidade de resolução. Tomando como exemplo meu caso, no primeiro dia conclui a prova faltando uma hora, e, no segundo dia, faltando meia hora para o encerramento. O problema é justamente aquele de já ir pensando que não vai dar tempo. Mas se você conhece seu nível e a prova, não há o que temer. Como Sun Tzu afirmou em seu *A arte da guerra* – aquele que se conhece e conhece o inimigo poderá enfrentar cem batalhas que não haverá o que temer. Aquele que não conhece o inimigo, mas conhece a si mesmo ás vezes ganha e às vezes perde. Aquele que não conhece o inimigo e nem se conhece está fadado ao fracasso.

CAPÍTULO 9

HUMANAS: A MÃE DESPREZADA

Desde minha infância – que não faz tanto tempo assim – noto que há certo desprezo por algumas disciplinas escolares. Sobretudo aquelas que pertencem ao grupo das ciências humanas – história, geografia, filosofia e sociologia. Essa desvalorização acontece não apenas entre os alunos, mas também entre os pais, os quais partilham de uma ideia a meu ver equivocada. A fantasia, o mito, de que essas matérias são decorativas, descartáveis, e, portanto, fáceis de aprender e não merecedoras de atenção.

– Amanhã é prova de quê?

– História.

– Ufa! Achei que era de física.

O medo é maior ainda ao percebermos que essa concepção, tão falsa como generalizadora, acontece também na casa da gente, quando conversamos com nossos pais. No ensino fundamental sempre fui perdoado por tirar nota baixa em matemática de vez em quando. Para eles, era aceitável. Assim como aconteceu no ensino médio, quando física e química também receberam colher de chá.

– Ô filho, tirou quanto em física?

– Tirei três.

– É, física é difícil mesmo, prepare-se para a próxima.

Mas quando essa nota era em história ou geografia, a situação mudava. Ou quando havia um desaproveitamento em filosofia ou sociologia, eles diziam não saber nem o que eram essas matérias, perguntando para que serviam, pois no tempo deles nem existiam tais disciplinas.

– Victor, tirou quanto em história?

– Tirei cinco, pai.

– Cinco? Você tirou cinco em história? Logo em história. Você estava louco que não leu o livro, moleque?

Na realidade, essas são disciplinas desprezadas. O que considero um erro, já que desde os primórdios a física era tratada como filosofia natural. E os primeiros matemáticos, astrônomos etc., antes de tudo eram filósofos, verdadeiros polímatas – isto é, dominavam várias áreas do conhecimento. Como pode ser desprezada uma disciplina como a filosofia, que estimula o raciocínio lógico, o senso crítico e a interpretação do mundo?

Em síntese, as ciências humanas que vemos no Enem não constituem a primeira prova do primeiro dia por acaso, mas por seu papel fundamental na sociedade e por serem de fato a mãe de todas as matérias. Até porque todas as ciências são humanas, não há ciência sem o ser humano, sem epistemologia (filosofia ligada ao conhecimento humano). A diferença é que as ciências que chamamos de humanas são as que colocam o homem no foco da investigação, enquanto as outras colocam os números, a natureza, enfim, outros elementos e não o ser humano.

Mesmo que muitas pessoas gostem de dizer que a filosofia é a ciência com a qual ou sem a qual o mundo permanece tal e qual, ela foi e ainda é um grande divisor de águas na humanidade. Sobretudo a partir de Sócrates, quando se passou a colocar as questões humanas (ética, conhecimento, aprendizado, morte etc.) em pauta.

Particularmente, acho admiráveis essas disciplinas, ainda mais quando estudo história. Desde que comecei a ter contato com essa matéria, sempre fui de "viajar" nos acontecimentos históricos. Além, claro, dela explicar muitas coisas que acontecem hoje, sejam aspectos sociológicos, sejam aspectos econômicos e políticos.

Passei a ter maior fulgor ainda pela história após ter ganhado de meu padrinho, professor Taurino Duarte, um livro que trata sobre a história da minha cidade, *Itabaiana: nosso lugar*, livro de estreia de José de Almeida Bispo. Realmente me encantei pelo livro, que me despertou uma curiosidade tremenda por saber um pouco mais sobre o passado da minha cidade. Daí descobri até que houve cangaço em Itabaiana, através do livro *Cangaço em Itabaiana Grande*, de Robério Santos, grande divulgador da cultura do interior sergipano.

Já a visão sobre geografia, em geral, é reduzida a meras práticas agrícolas – o que é trabalho da agronomia. O problema é que ao ver "geografia" (que significa: descrição da Terra), naturalmente somos induzidos a crer que essa analisa apenas fatores como estrutura, clima, aspectos e vegetação do solo. Todavia a descrição do planeta não se limita a tais fatores, pois a geografia está estreitamente ligada à zoologia, economia, comércio, indústria, política e também à história.

A sociologia também é de vital importância para nós. Pois com a globalização de hoje, é necessário ter instrumentos que nos auxiliem na compreensão do mundo, isto é, no entendimento real do efeito das ações humanas no mundo em que vivemos. Todas essas quatro disciplinas, portanto, muitas vezes desprezadas, têm valores inegáveis e se constituem como alicerce para todas as outras matérias.

No Enem, essas disciplinas são agrupadas sem distinção e essa é uma prova que poderíamos considerar de desempenho parecido entre os alunos. Não há alto número de erros por parte dos participantes – assim como há em Matemática – e também não existe grande número de acertos pela maioria – como acontece com Linguagens. É uma média razoável; e quanto ao TRI [veja pág. 83], seria o eixo com maior proporcionalidade entre acertos e a nota (desde que haja coerência entre os acertos e as respectivas questões).

O problema real mora no número e tamanho dos textos. Quando comecei a resolver questões, tive muita dificuldade justamente por causa disso. Perdia-me entre as linhas, ficava logo cansado, tonto, e, ainda por cima, às vezes lia dois textos enormes e quando chegava à pergunta percebia que poderia responder sem ter lido tudo do princípio ao fim. Ou seja, tempo desperdiçado. Como nessa questão abaixo:

ENEM 2013 | CIÊNCIAS HUMANAS E SUAS TECNOLOGIAS

TEXTO I

Há já algum tempo eu me apercebi de que, desde meus primeiros anos, recebera muitas falsas opiniões como verdadeiras, e de que aquilo que depois eu fundei em princípios tão mal assegurados não podia ser senão mui duvidoso e incerto. Era necessário tentar seriamente, uma vez em minha vida, desfazer-me de todas as opiniões a que até então dera crédito, e começar tudo novamente a fim de estabelecer um saber firme e inabalável.

DESCARTES, R. Meditações concernentes à Primeira Filosofia. São Paulo: Abril Cultural, 1973 (adaptado).

TEXTO II

É o caráter radical do que se procura que exige a radicalização do próprio processo de busca. Se todo o espaço for ocupado pela dúvida, qualquer certeza que aparecer a partir daí terá sido de alguma forma gerada pela própria dúvida, e não será seguramente nenhuma daquelas que foram anteriormente varridas por essa mesma dúvida.

SILVA, F.L. Descartes. a metafísica da modernidade. São Paulo: Moderna, 2001 (adaptado).

A exposição e a análise do projeto cartesiano indicam que, para viabilizar a reconstrução radical do conhecimento, deve-se:

A retomar o método da tradição para edificar a ciência com legitimidade.
B questionar de forma ampla e profunda as antigas ideias e concepções.

Ⓒ questionar de forma ampla e profunda as antigas ideias e concepções.
Ⓓ buscar uma via para eliminar da memória saberes antigos e ultrapassados.
Ⓔ encontrar ideias e pensamentos evidentes que dispensam ser questionados.

RESOLUÇÃO

Esse é o tipo de questão que daria para resolver sem ler os textos-base. Bastaria ter conhecimento da base da filosofia de Descartes a respeito da dúvida hiperbólica – ao invés de ficarmos com várias dúvidas sobre determinados assuntos, devemos ir direto para um questionamento geral, mais profundo, quanto às ideias e concepções antigas. Portanto, resposta correta: letra Ⓑ

Sim, precisamos ter o hábito da leitura – para com certa facilidade responder às questões dessas disciplinas. São matérias que abrangem uma gama imensa de assuntos e sobre eles nós aprendemos no cotidiano da vida, ao ler jornais, livros, revistas etc.

Em se tratando de história, por exemplo, essas disciplinas podem ter questões que vão do período Paleolítico à PEC 215 (legislação sobre a demarcação de terras indígenas e quilombolas pelo Congresso Nacional); na prova de geografia pode cair perguntas sobre relevo ou grupos extremistas do Oriente Médio; em se tratando de filosofia as perguntas podem ir de Tales de Mileto, primeiro filósofo ocidental, a Jean-Paul Sartre; e nas provas de Sociologia, de Émile Durkheim, fundador da disciplina, a Pierre Bourdieu, crítico das desigualdades sociais do século 20.

Precisamos ser pragmáticos para adequar o nosso tempo, ter facilidade em compreender as questões e saber o que realmente aparece com frequência no Enem. Temos que encarar o mundo de forma prática, logo devemos fazer o mesmo com o Enem e resolver sucessivas questões para ganharmos uma visão geral sobre o exame.

Observando as provas anteriores dá para notar que, quanto à história do Brasil, os assuntos mais recorrentes são:

- BRASIL COLÔNIA
- ESCRAVIDÃO
- BRASIL REPÚBLICA
- ERA POPULISTA
- ERA VARGAS
- DITADURA MILITAR

Ao observarmos a frequência dos conteúdos mais presentes em história geral, vemos que os mais recorrentes são:

- LIBERALISMO
- REVOLUÇÃO INDUSTRIAL
- PRIMEIRA GUERRA MUNDIAL
- SEGUNDA GUERRA MUNDIAL
- NAZIFASCISMO
- GUERRA FRIA

Em geografia, os assuntos que mais aparecem são:

- AGRICULTURA (PRINCIPALMENTE BRASILEIRA)
- DESENVOLVIMENTO SOCIAL
- CONTRASTES SOCIAIS
- IMPACTOS NO MEIO AMBIENTE
- GEOPOLÍTICA MUNDIAL
- PLANOS ECONÔMICOS
- BLOCOS ECONÔMICOS
- MIGRAÇÕES

E podemos enfatizar alguns temas como os mais cobrados no Enem, em sociologia e filosofia (estão vendo como é a mãe desprezada? Sem querer eu a deixei por último):

- POLÍTICA, ÉTICA E MORAL (PENSADORES DA GRÉCIA ANTIGA)
- ILUMINISMO
- EXISTENCIALISMO
- CONTRATUALISMO
- FÉ X RAZÃO (SANTO AGOSTINHO E SÃO TOMÁS DE AQUINO)
- MOVIMENTOS SOCIAIS (COMO O DIRETAS JÁ)
- RELAÇÕES DE TRABALHO (FLEXIBILIDADE)
- MARXISMO
- INDÚSTRIA CULTURAL E CULTURA DE MASSA

TOMÁS DE AQUINO NASCEU NA ITÁLIA EM 1225. FRADE DOMINICANO, ABRAÇOU DIVERSAS IDEIAS DE ARISTÓTELES, TENTANDO ASSOCIAR A FILOSOFIA ARISTOTÉLICA AOS PRINCÍPIOS DO CRISTIANISMO – ALGO CONSIDERADO HERÉTICO PARA BOA PARTE DOS TEÓLOGOS DA ÉPOCA. SEU PENSAMENTO PRIVILEGIAVA A ATIVIDADE, A RAZÃO E A VONTADE HUMANA.

TEÓLOGO E FILÓSOFO DOS PRIMEIROS ANOS DO CRISTIANISMO, AGOSTINHO DE HIPONA ESCREVEU OBRAS DE GRANDE INFLUÊNCIA NA FILOSOFIA OCIDENTAL. NASCEU NA ARGÉLIA, NA ÁFRICA, EM 354. PROFESSOR DE RETÓRICA, DEFENDIA O SER HUMANO COMO A UNIÃO PERFEITA DE DUAS SUBSTÂNCIAS, O CORPO E A ALMA.

CAPÍTULO 10

NATUREZA: PERDIDOS NA SELVA

A natureza fornece as condições para nossa existência. Preside a essência de todos os seres, concede a sua subsistência, constituindo-se como o conjunto de todos os fatores que compõem o espaço, isto é, o Universo. Não é pouca coisa. Há mais de 20 séculos os homens vêm tentando entendê-la, através do raciocínio, da lógica e da filosofia. Daí surgiu a *physis* (que mais tarde foi traduzida como "natureza"), ciência na qual se dedicaram principalmente os filósofos pré-socráticos (aqueles que vieram antes de Sócrates, que começou a tirar a natureza do foco da filosofia, passando a colocá-la no Homem)

O primeiro filósofo de que se tem notícia, Tales de Mileto, que nasceu em 623 a.C., indicou que a *physis* universal seria a água. "O mundo evoluiu a partir da água" foi um de seus enunciados fundamentais. Concluiu que, por meio da sua condensação, a água formaria a terra, por rarefação o ar, e consequentemente o fogo. Já outro pensador pré-socrático, Heráclito, defendia que o grande agente transformador é o fogo, capaz de nos purificar e fazer parte do espírito dos homens. Para ele, tudo flui e está em movimento, como acontece com o fogo.

É dele a máxima: "Não se pode entrar duas vezes no mesmo rio", pois quando achamos que estamos nos banhando de novo, nem nós somos os mesmos e nem o rio é mais o mesmo. Novamente ele estaria associando a fluidez da vida à fluidez do fogo, que compõem o que acreditava ser a *physis*.

Essência, força vigente, alicerce principal de nossa existência: isso é o que pensamos logo ao nos depararmos com a palavra natureza. Mas quando falamos de Enem a coisa muda. Sinceramente, quando vi pela primeira vez a prova de ciências da natureza, pensei: "Nossa! O que aprendi na escola até agora?"

É a prova mais complexa do Enem. Imagina só a pessoa se deparar com 45 questões, que envolvem física, química e biologia do ensino médio e ainda sabendo que dispõem apenas de três minutos para resolver cada uma. Considerando que essas três disciplinas compõem a Natureza (do Enem), eu me vi perdido na selva. E ainda não entendo como uma matéria tão amada pela maioria dos jovens (Ciências), chegando ao último ano do ensino fundamental dá lugar para essas três, que são quase unanimemente odiadas.

Mas no fundo essas disciplinas são extremamente úteis em nosso dia a dia. A física está presente nos jogos de videogame, por exemplo, no motor elétrico que nos fez usar o computador e que por sua vez foi utilizado na edição do livro que você está lendo agora.

Além disso, ela se faz muito presente na medicina (em tomografias, ultrassons, tratamento contra câncer através da radioterapia, ressonância magnética etc). Sem ela não haveria aviões, navios e nem carros. Muito menos as tecnologias de produção de energia (o termo certo é "transformação de energia"). Bem como estaríamos muito mais vulneráveis a terremotos, furacões, tsunamis etc.

O mesmo ocorre com a química, estreitamente ligada ao nosso cotidiano. Está presente em todos os medicamentos, que são prescritos pelos médicos, em nossa comida, desde o mais básico alimento, como o pão, que sofre um processo de fermentação (explicado pela química). Sem contar que praticamente todas as nossas roupas e equipamentos precisam ser submetidas a etapas químicas para sua produção.

Ademais, sem a química, boa parte do solo da região Centro-oeste do Brasil (que engloba Mato Grosso, Mato Grosso do Sul, Goiás e o Distrito Federal) seria improdutiva. Pois o solo daquela região tem baixo pH (o que resulta em muita acidez e impossibilita a agricultura), e assim foram necessários inúmeros processos químicos para correção da acidez.

Como critério para classificar uma nação em desenvolvido ou subdesenvolvido, a ONU (Organização das Nações Unidas) analisa a indústria do país, seja têxtil, automobilística, farmacêutica etc. Portanto, a depender do poderio tecnológico que a nação detém, do qual a química participa ativamente, ela poderá ser mais evoluída ou não.

E a biologia – ah, da biologia nem se fala. A começar pelo próprio nome, que vem do grego *bíos* = vida + *lógos* = estudo, ou seja, é o estudo da vida. Assim, tudo que tenha vida está diretamente ligado a essa disciplina, em especial a gente mesmo. Imagine que antes da descoberta da penicilina – primeiro antibiótico, descoberto graças à biologia – o ser humano poderia morrer por qualquer infecção bacteriana.

Pense no sofrimento de um pai ao saber que o coração do filho está comprometido. É através da tal biologia que o homem pode desde prevenir uma simples gripe até realizar um transplante de coração para o menino que precisa. Enfim, essas matérias que por tantos são odiadas (e no começo aí eu também me incluia), na verdade é a nossa salvação, digamos assim. São as ciências da natureza que nos dão sustentação para uma vida melhor.

Entretanto, quando vamos ver no Enem, as ciências da natureza compõem a prova com o segundo maior número de erros cometidos pelos estudantes – atrás somente da Matemática. Realmente, são matérias complexas com grande número de assuntos. Mas o problema fundamental não é esse.

A maioria das pessoas já vai para a prova consciente de que é muito difícil, certos de que não vão se dar bem e, por conseguinte, deixam para o final. Ao tentar resolvê-las, muitos candidatos não atentam direito às questões e acabam por deixar a resposta ao acaso, o famoso "chute". Mas se olharmos bem, as questões de biologia estão mais ligadas às atualidades, e as de física e química a conceitos fundamentais. Para ilustrar:

ENEM 2013 | CIÊNCIAS DA NATUREZA E SUAS TECNOLOGIAS

A estratégia de obtenção de plantas transgênicas pela inserção de transgenes em cloroplastos, em substituição à metodologia clássica de inserção do transgene no núcleo da célula hospedeira, resultou no aumento quantitativo da produção de proteínas recombinantes com diversas finalidades biotecnológicas. O mesmo tipo de estratégia poderia ser utilizada para produzir proteínas recombinantes em células de organismos eucarióticos não fotossintetizantes, como as leveduras, que são usadas para produção comercial de várias proteínas recombinantes e que podem ser cultivadas em grandes fermentadores.

Considerando a estratégia metodológica descrita, qual organela celular poderia ser utilizada para inserção de transgenes em leveduras?

(A) Lisossomo
(B) Mitocôndria
(C) Peroxissomo
(D) Complexo Golgiense
(E) Retículo endoplasmático

RESOLUÇÃO

Esse é o tipo de questão de biologia que envolve temas que constantemente estão sendo citados por todos os lados, como é o caso da transgenia. Sendo que as proteínas são sintetizadas pelo RNA e que este vem do DNA, a organela em questão deve conter DNA. Como a única na lista que contem o DNA é a mitocôndria, a resposta correta é letra (B)

ENEM 2013 | CIÊNCIAS DA NATUREZA E SUAS TECNOLOGIAS

Uma pessoa necessita da força de atrito em seus pés para se deslocar sobre uma superfície. Logo, uma pessoa que sobe uma rampa em linha reta será auxiliada pela força de atrito exercida pelo chão em seus pés. Em relação ao movimento dessa pessoa, quais são a direção e o sentido da força de atrito mencionada no texto?

A Perpendicular ao plano e no mesmo sentido do movimento.
B Paralelo ao plano e no sentido contrário ao movimento.
C Paralelo ao plano e no mesmo sentido do movimento.
D Horizontal e no mesmo sentido do movimento.
E Vertical e sentido para cima.

RESOLUÇÃO

Esta questão de física explana boa parte do Enem, quem em geral nessa matéria, aborda conceitos fundamentais. Para resolver esta, é necessário conhecer a 3ª Lei de Newton (Lei da Ação e Reação), a qual afirma que toda ação tenha uma reação de mesma direção e intensidade, mas em sentido oposto. Portanto, quando vamos caminhar para frente, fazemos força para trás (como se estivéssemos empurrando a superfície para trás), então a força de atrito (como uma reação) faz força para frente, sempre paralela ao plano. Logo, a resposta correta é a letra C, pois o atrito vai ser no sentido do movimento (para frente) e paralelo ao plano.

ENEM 2013 | CIÊNCIAS DA NATUREZA E SUAS TECNOLOGIAS

Plantas terrestres que ainda estão em fase de crescimento fixam grandes quantidades de CO_2, utilizando-o para formar novas moléculas orgânicas, e liberam grande quantidade de O_2. No entanto, em florestas maduras, cujas árvores já atingiram o equilíbrio, o consumo de O_2 pela respiração tende a igualar sua produção pela fotossíntese. A morte natural de árvores nessas florestas afeta temporariamente a concentração de O_2 e de CO_2 próximo à superfície do solo onde elas caíram.

A concentração de O_2 próximo ao solo, no local da queda, será

A menor, pois haverá consumo de O_2 durante a decomposição dessas árvores.
B maior, pois haverá economia de O_2 pela ausência das árvores mortas.
C maior, pois haverá liberação de O_2 durante a fotossíntese das árvores jovens.
D igual, pois haverá consumo e produção de O_2 pelas árvores maduras restantes.
E menor, pois haverá redução de O_2 pela falta da fotossíntese realizada pelas árvores mortas.

RESOLUÇÃO

Essa questão mostra que, na parte de química do Enem, aparecem questões na mesma linha de física, mais associados à base. Para acertá-la é só pensar que com a queda da árvore, naturalmente, chegarão ao local, animais decompositores, que em sua maioria são anaeróbios. Portanto, estes irão consumir O_2 e liberar CO_2. Logo, haverá menor concentração de O_2 devido o consumo durante a decomposição das árvores, reposta: letra **A**

Então, boa parte das questões não é difícil. Quanto à física, aprendi a ver com meu ex-professor Márcio Menezes que a complexidade não está exatamente nela, mas na base. A grande maioria das questões dessa matéria necessita, sobretudo, de um bom conhecimento de língua portuguesa e de matemática. Esta seria a nossa competência, saber desenvolver as questões que, em geral, têm muitos cálculos. É necessário encontrar o fio da meada, isto é, entender o que a questão quer. Além das fórmulas que por vezes são cobradas.

Quando me deparei com essas três matérias (física, química e biologia), o susto maior não foi com a física. Foi com a química. Os principais problemas dessa disciplina – na verdade, seria mais fácil escrever quais não são os problemas dela – são a tabela diabólica, digo, a tabela periódica, e o número exorbitante de fórmulas. Além de dar trabalho, ainda é covarde. Uma vez que ataca em conjunto: na termoquímica ela ataca com a física, já na bioquímica ataca com a biologia.

Isso tudo sem falar nas famosas regras. De tal forma que, praticamente em tudo que a química trate há, pelo menos, uma regra. E pior, todas as regras dela têm, ao menos, uma exceção, com exceção dessa última. Como se para cada situação houvesse, no mínimo, duas regras – uma é a geral e a outra a exceção.

Por fim, a biologia. O maior problema ligado a essa disciplina é o número incrivelmente grande de assuntos, conciliados a vários nomes complexos – em geral, cada um associado a uma função diferente, como por exemplo as organelas das células.

Mas todo problema tem solução. Para as fórmulas de física, nada melhor que pensar em frases que se identifiquem com as fórmulas, aí eu agradeço muito ao *Guia do estudante*, que sempre disponibilizou vários macetes para me lembrar das fórmulas. Como por exemplo:

QUANTO A MOVIMENTO:

Se for para Movimento Retilíneo Uniforme a fórmula é $\mathbf{S = S_0 + V.T}$, serve para medir o tempo, espaço e velocidade. Aí usamos o macete Sorvete.

Se for para Movimento Retilíneo Uniformemente Variado a fórmula é $\mathbf{S = S_0 + V0.T + 1/2.a.t^2}$, também serve para medir o tempo, espaço e velocidade. Aí lembramos (semelhante ao anterior) **Sorvetão.**

QUANTO À VELOCIDADE:

A fórmula que usamos nesse conteúdo é $\mathbf{V = V_0 + a.t}$, usamos para medir a velocidade final, velocidade inicial, aceleração do corpo ou do tempo de deslocamento. O macete que uso é **Vi Vó mais a T**ia.

QUANTO À FORÇA:

Em geral, usamos a seguinte fórmula: **F = m.a**, que é usada para medir a força, massa ou aceleração. Para não esquecer é só lembrar-se da palavra **Fama**.

QUANTO À CALORIMETRIA:

Se o corpo não mudar de estado físico usamos a fórmula: **Q = M.C.T**, que é usada para medir a variação de calor de um corpo. O macete é **Q**ue **M**acete.

Se o corpo mudar de estado físico usamos a fórmula: **Q = M.L**, que também é usada para medir a variação de calor de um corpo. O macete é **Q**ue **M**o**l**eza.

QUANTO À PRESSÃO:

Para esse assunto a fórmula usada é **P.v = n.R.t**, usada para medir a pressão de gases e líquidos. A frase que dá para ajudar na memorização é: **P**or **V**ocê **N**unca **R**ezei **T**anto.

QUANTO A EMPUXO:

A fórmula que usamos nesse é: **E = d.V.g**, a qual aplicamos para encontrar a força hidrostática exercida por um corpo. Para lembrar-se dela é só pensar que o **E**mpuxo é **De**va**g**ar.

QUANTO À VELOCIDADE DE ONDAS:

Nesse caso a fórmula a ser usada é **V = λ.f** (**λ** é uma letra grega, lê-se "lambda"), utilizamos para calcular frequência de ondas. O macete que usei para essa era **V**ocê **Lambe F**aca.

QUANTO A CAMPO ELÉTRICO:

Se for para determinar a intensidade do campo elétrico, a fórmula utilizada é **E = F/Q** . O macete de memorização é **É Fra**q**ueza.

Se for para determinar a intensidade da corrente elétrica, a fórmula utilizada é **Q = t.i** . Esse macete de memorização é muito fácil: **Q**uero **T**e **I**ludir.

Ao estudar química, principalmente quando ia estudar a tabela periódica, minha tríade foi composta por meu professor de oitava série (nono ano), José Valter, meu professor de primeiro ano, Jeremias, e o querido *Guia do estudante*, pois dá muito trabalho para saber localizar cada elemento e quais elementos compõem cada família. Até porque qualquer comparação feita entre duas substâncias que venha a pôr em jogo o raio atômico, energia de ionização, eletroafinidade, eletronegatividade, densidade, temperatura de fusão e ebulição ou volume atômico, o conhecimento da disposição dos elementos na tabela é de suma importância. Então, através deles passei a conhecer frases que me fizeram lembrar dos elementos em diversas situações:

1A	2A	3B	4B	5B	6B	7B	8B	
1 **H** Hidrogênio								
3 **Li** Lítio	4 **Be** Berílio							
11 **Na** Sódio	12 **Mg** Magnésio							
19 **K** Potássio	20 **Ca** Cálcio	21 **Sc** Escândio	22 **Ti** Titânio	23 **V** Vanádio	24 **Cr** Cromo	25 **Mn** Manganês	26 **Fe** Ferro	27 **Co** Cobalto
37 **Rb** Rubídio	38 **Sr** Estrôncio	39 **Y** Ítrio	40 **Zr** Zircônio	41 **Nb** Nióbio	42 **Mo** Molibdênio	43 **Tc** Tecnécio	44 **Ru** Rutênio	45 **Rh** Ródio
55 **Cs** Césio	56 **Ba** Bário	57-71 *	72 **Hf** Háfnio	73 **Ta** Tântalo	74 **W** Tungstênio	75 **Re** Rênio	76 **Os** Ósmio	77 **Ir** Irídio
87 **Fr** Frâncio	88 **Ra** Rádio	89-103 **	104 **Rf** Rutherfórdio	105 **Db** Dúbnio	106 **Sg** Seabórgio	107 **Bh** Bóhrio	108 **Hs** Hássio	109 **Mt** Meitnério

Número atômico **Símbolo** Nome

*	57 **La** Lantânio	58 **Ce** Cério	59 **Pr** Praseodímio	60 **Nd** Neodímio	61 **Pm** Promécio	62 **Sm** Samário
**	89 **Ac** Actínio	90 **Th** Tório	91 **Pa** Protactínio	92 **U** Urânio	93 **Np** Neptúnio	94 **Pu** Plutônio

	1B	2B	3A	4A	5A	6A	7A	8A
								2 **He** Hélio
			5 **B** Boro	6 **C** Carbono	7 **N** Nitrogênio	8 **O** Oxigênio	9 **F** Flúor	10 **Ne** Neônio
			13 **Al** Alumínio	14 **Si** Silício	15 **P** Fósforo	16 **S** Enxofre	17 **Cl** Cloro	18 **Ar** Argônio
28 **Ni** Níquel	29 **Cu** Cobre	30 **Zn** Zinco	31 **Ga** Gálio	32 **Ge** Germânio	33 **As** Arsênio	34 **Se** Selênio	35 **Br** Bromo	36 **Kr** Criptônio
46 **Pd** Paládio	47 **Ag** Prata	48 **Cd** Cádmio	49 **In** Índio	50 **Sn** Estanho	51 **Sb** Antimônio	52 **Te** Telúrio	53 **I** Iodo	54 **Xe** Xenônio
78 **Pt** Platina	79 **Au** Ouro	80 **Hg** Mercúrio	81 **Tl** Tálio	82 **Pb** Chumbo	83 **Bi** Bismuto	84 **Po** Polônio	85 **At** Astato	86 **Rn** Radônio
110 **Ds** Darmstádio	111 **Rg** Roentgênio	112 **Cn** Copernício	113 **Uut** Ununtrio	114 **Uuq** Ununquádio	115 **Uup** Ununpentio	116 **Uuh** Ununhéxio	117 **Uus** Ununséptio	118 **Uuo** Ununóctio

63 **Eu** Európio	64 **Gd** Gadolínio	65 **Tb** Térbio	66 **Dy** Disprósio	67 **Ho** Hólmio	68 **Er** Érbio	69 **Tm** Túlio	70 **Yb** Itérbio	71 **Lu** Lutécio
95 **Am** Amérício	96 **Cm** Cúrio	97 **Bk** Berquélio	98 **Cf** Califórnio	99 **Es** Einstênio	100 **Fm** Férmio	101 **Md** Mendelévio	102 **No** Nobélio	103 **Lr** Laurêncio

1A **H**oje **Li** **Na** **K**ama **R**o**b**inson **Cr**usoé em **Fr**ancês
2A **Be**la **M**ar**g**arida **Ca**sou com o **S**enhor **Ba**rão **Ra**mos
3A **B**om, **Al**gum **Ga**to **In**vadiu o **T**elhado
4A **C**asaram-se **Si**ntia **Ge**rmana e um **S**e**n**ador **P**arai**b**ano
5A **N**ossos **P**ais **As**sam **S**a**b**orosos **Bi**fes
6A **O** **S**angue do **Se**nhor **Te**m **Po**der
7A **F**icou **Cl**aro que **Br**ahma é **I**gual a **A**ntár**t**ica
8A **He**lio **Ne**gou **Ar**roz a **Kr**istina e foi pra **Xe**rém com **R**e**n**ata.
SEMIMETAIS **B**asta **Si**lenciar **Ge**ralmente, **As**sim **S**a**b**eremos **Te**r **Po**sição
1B **Cu**spi no cão de **Ag**naldo, ele fez **Au**
2B **Z**e**n**ilda tem **C**a**d**a **H**olo**g**rama
3B **S**ó**c**ios **Y**gnorantes **La**vam **Ac**ácias
4B **Ti**o **Z**i**r**aldo viajou com **H**al**f** e **R**a**f**a
5B **V**i o **N**o**b**el, ele **Ta** **D**e**b**ilitado
6B **Cr**eunice **Mo**rou com **W**alter **S**ar**g**ento
7B **M**i**n**ha **T**or**c**ida é de **Re**cife
8B **C**o**n**heci a **RH**, **Ir**mã do **M**a**t**eus

Alguns assuntos da famosa química orgânica sempre pegam as pessoas no Enem – pessoas tipo eu. Acabei aprendendo uma paródia da música "O papa é pop" da banda Engenheiros do Hawaii, que traz conceitos importantes das funções orgânicas, feita pelo meu amigo professor Arnaldo César. Veja como ficou:

Tudo mundo quer se dar bem
Com a prova do Enem
Função orgânica vai
Cair na sua prova...

Só Carbono e Hidrogênio
Recebem o nome de hidrocarboneto
Já o Álcool é OH

Ligado a um carbono saturado
Ah que coisa fácil...

O Fenol é o OH ligado ao anel
Já o Éter, oxigênio heteroátomo
Ácido carboxílico: C dupla O simples OH
Já se for o aldeído: C dupla O e o H

É fácil de acertar
E o Éster CO mais ligantes

Amina na prova tem o nitrogênio
De uma amônia tirando o H...
Amida na prova tem N também
Colado com o CO, legal!

O Enem é do pop!
O Enem é do pop!
É só acertar a questão

O Enem é do pop!
Feito pro povão
É só conhecer a função

Já para biologia, aprendi com meu professor dessa mesma matéria do primeiro ano, José Cléverton dos Santos, a fazer analogias com os assuntos. Por exemplo, ao tratar das organelas citoplasmáticas, existem vários nomes e suas respectivas funções para aprender. Desde então trago comigo uma analogia feita entre as organelas e um supermercado. Seria assim:

O ribossomo tem a função de sintetizar proteínas através dos aminoácidos, então ele seria o cliente que pega aminoácidos das prateleiras, e os coloca no carrinho (retículo endoplasmático – função de transportar). E os leva para o caixa (Complexo de Golgi – função de armazenamento, empacotamento e distribuição das proteínas), que pode empacotar as proteínas para formar produtos de limpeza (peroxissomos – função de desintoxicação celular), ou então para formar medicamentos para ajudar na digestão (lisossomos – função de digestão celular).

ASSUNTOS MAIS RECORRENTES DE FÍSICA

- MECÂNICA
- ELETRICIDADE
- ENERGIA
- ONDAS
- ÓTICA
- ACÚSTICA
- TERMOFÍSICA

ASSUNTOS MAIS RECORRENTES DE QUÍMICA

- ESTEQUIOMETRIA
- TERMOQUÍMICA
- RADIOATIVIDADE
- FUNÇÕES ORGÂNICAS
- CICLOS (CO2, O2 ETC.)
- NEUTRALIDADE
- OXIDAÇÃO
- EQUILÍBRIO QUÍMICO
- PH
- SOLUÇÕES

ASSUNTOS MAIS RECORRENTES DE BIOLOGIA

- ECOLOGIA / SUSTENTABILIDADE
- MELHORAMENTO GENÉTICO
- GENÉTICA
- CITOLOGIA
- EVOLUÇÃO DAS ESPÉCIES
- FISIOLOGIA HUMANA

CAPÍTULO 11

LINGUAGENS: APARENTEMENTE FÁCIL

As coisas passam a existir a partir do momento em que as nomeamos – foi o que afirmou Aristóteles, milênios atrás, atribuindo à palavra um papel primordial em nossa civilização. Um dos mais importantes filósofos da Grécia antiga, o tutor de Alexandre, o Grande, concluiu que o ser humano inventou a escrita não pelo acaso, mas por necessidade. Precisamos dar significados (nomes) aos significantes (coisas), para ampliar nossos conhecimentos acerca do mundo.

Um dos melhores exemplos contemporâneos sobre o exercício artístico da linguagem, em composições populares, pode ser encontrado na obra de Chico Buarque de Hollanda. Amante das palavras, dedicado a conhecer suas infinitas variações de significado, ritmo e rimas, ele compôs centenas de canções extraordinárias e uma de suas primeiras letras, "Construção", traduz com genialidade esse dom – de mudar completamente o sentido das frases com pequenas alterações de palavras, num engenho complexo cujo resultado demonstra grande simplicidade:

Amou daquela vez como se fosse a última
Beijou sua mulher como se fosse a última

E cada filho seu como se fosse o único
E atravessou a rua com seu passo tímido
Subiu a construção como se fosse máquina (...)
Amou daquela vez como se fosse o último
Beijou sua mulher como se fosse a única
E cada filho seu como se fosse o pródigo
E atravessou a rua com seu passo bêbado
Subiu a construção como se fosse sólido (...)
Amou daquela vez como se fosse máquina
Beijou sua mulher como se fosse lógico
Ergueu no patamar quatro paredes flácidas
Sentou pra descansar como se fosse um pássaro
E flutuou no ar como se fosse um príncipe (...)

Aparentemente a letra é simples – mas essa é a carta na manga, o diamante lapidado, o trabalho bem feito, polido, que confere aspecto inovador à sua obra. O título "Construção" é metalinguístico – função da linguagem que descreve a própria linguagem – pois sua canção remete à construção do operário, personagem da música, e também à construção da própria poesia. Podemos notar que, ao trocar cada palavra que encerra as frases, o compositor realmente vai realmente construindo algo, colocando tijolo por tijolo, como se estivesse subindo em um andaime.

A linguagem está presente em todas as áreas do conhecimento. Seja na saúde, construção civil, educação, serviço social. Na linguagem tudo está contido, como bem expressou o cantor e poeta Arnaldo Antunes:

Todas as coisas do mundo
não cabem numa ideia.
Mas tudo cabe numa palavra,
nesta palavra tudo.

A comunicação é formada por três elementos fundamentais: linguagem, língua e fala. A primeira é equivalente à formação da mensagem, através de signos, códigos – que também pode ser não verbais, como a arte, dança, pintura etc. Já a segunda está atrelada às normas feitas por convenção social, como o idioma. E a terceira, a fala, é a maneira individual, ou melhor, única, que temos de expressar os sentimentos de forma subjetiva. Esses três elementos juntos formam a comunicação e a falta de algum deles caracteriza a não comunicação. Foi isso que aconteceu no Enem de 2013:

ENEM 2013 | LINGUAGENS, CÓDIGOS E SUAS TECNOLOGIAS

DÚVIDA

Dois compadres viajavam de carro por uma estrada de fazenda quando um bicho cruzou a frente do carro. Um dos compadres falou:
— Passou um largato ali!

O outro perguntou:
— Lagarto ou largato?

O primeiro respondeu:
— Num sei não, o bicho passou muito rápido.

Piadas coloridas. Rio de Janeiro: Gênero, 2006.

Na piada, a quebra de expectativa contribui para produzir o efeito de humor. Esse efeito ocorre porque um dos personagens:

- **A** reconhece a espécie do animal avistado.
- **B** tem dúvida sobre a pronúncia do nome do réptil.
- **C** desconsidera o conteúdo linguístico da pergunta.
- **D** constata o fato de um bicho cruzar a frente do carro.
- **E** apresenta duas possibilidades de sentido para a mesma palavra.

RESOLUÇÃO

O efeito de humor dessa piada ocorre pela falta de comunicação que há entre os dois compadres. A quebra de expectativa no final se dá pelo primeiro ter desconsiderado o valor linguístico da pergunta do segundo, que visava a pronúncia correta do nome do animal. Sendo que o primeiro acreditava que o compadre tratava sobre dois animais diferentes, um lagarto e um largato. Portanto a graça reside na falta de comunicação que acontece por causa da desconsideração do conteúdo linguístico da pergunta. Logo, alternativa correta: letra **C**

Nas palestras costumo perguntar aos alunos o que acham da prova de Linguagens, e quase em coro todos respondem que é a mais fácil. Todavia, quando pergunto sobre da redação afirmam que é o mais difícil na prova. Como? As duas não têm a mesma matriz? É um paradoxo, o mesmo que afirmar que o papa é incrédulo.

O problema é que há certo preconceito com a prova de Linguagens. Aquela crença: "É só ler que você acerta a questão". E não é bem assim. Esse caderno é um dos mais interessantes, até porque não é só ler, é necessário interpretar – trazer algo de fora, ter algum conhecimento anterior para aplicar naquele momento (para relembrar diferença entre ler, compreender e interpretar, rever capítulo oito).

Outro aspecto importante é que a prova não é constituída apenas de português. Nela estão presentes: a literatura, a arte (dança, música, arquitetura, pintura, artes marciais, etc.), educação física e língua estrangeira (inglês ou espanhol). Esta prova nos mostra realmente o quanto o conhecimento é democrático, e que podemos vê-lo se manifestar das mais variadas formas, não apenas nas expressões mais arcaicas. A prova traz temas do cotidiano e, o melhor, correlaciona com as disciplinas. Como nessa questão:

Conceitos e importância das lutas antes de se tornarem esporte, as lutas ou as artes marciais tiveram duas conotações principais: eram praticadas com o objetivo guerreiro ou tinham um apelo filosófico como concepção de vida bastante significativo. Atualmente, nos deparamos com a grande expansão das artes marciais em nível mundial. As raízes orientais foram se disseminando, ora pela necessidade de luta pela sobrevivência ou para a "defesa pessoal", ora pela possibilidade de ter as artes marciais como própria filosofia de vida.

CARREIRO, E. A. *Educação Física na escola: Implicações para a prática pedagógica*. Rio de Janeiro: Guanabara Koogan, 2008 (fragmento).

Um dos problemas da violência que está presente principalmente nos grandes centros urbanos são as brigas e os enfrentamentos de torcidas organizadas, além da formação de gangues, que se apropriam de gestos das lutas, resultando, muitas vezes, em fatalidades. Portanto, o verdadeiro objetivo da aprendizagem desses movimentos foi mal compreendido, afinal as lutas:

A se tornaram um esporte, mas eram praticadas com o objetivo guerreiro a fim de garantir a sobrevivência.
B apresentam a possibilidade de desenvolver o autocontrole, o respeito ao outro e a formação do caráter.
C possuem como objetivo principal a "defesa pessoal" por meio de golpes agressivos sobre o adversário.
D sofreram transformações em seus princípios filosóficos em razão de sua disseminação pelo mundo.
E se disseminaram pela necessidade de luta pela sobrevivência ou como filosofia pessoal de vida.

RESOLUÇÃO

Nessa questão, que aborda as artes marciais e a violência nos grandes centros, o comando da questão (pergunta) diz que o verdadeiro objetivo do aprendizado dessas artes foi mal compreendido. Então, a questão afirma que a finalidade dessas lutas não é a violência. Pelo próprio texto vemos que o objetivo é o autocontrole, o respeito ao outro e a formação do caráter, através do que ele chama de "filosofia de vida". Logo, o item correto é o da letra **B**

Quanto à prova de língua estrangeira, na qual podemos optar na hora da inscrição por inglês ou espanhol, mesmo contendo apenas cinco questões, já é uma boa vantagem acertá-las. Estas têm seus textos-base no idioma escolhido, porém os itens são em português. Assim não basta procurar alguma pista no texto para responder a questão.

Temos que desenvolver um bom vocabulário e hábito de tradução, para entender bem do que as questões estão tratando. Um dos problemas dessas provas são os falsos cognatos (palavras que se assemelham ao português, mas que têm significados totalmente diferentes). Como *rato*, em espanhol, que não significa o animal, mas é sinônimo para instante, momento; e *push*, em inglês, que não significa puxar, mas, empurrar.

Também é interessante começar a ler tirinhas e charges (facilmente encontradas em livros específicos ou na internet), no idioma que você for escolher para fazer o Enem. No meu caso, optei pela língua inglesa, pois sempre tive um contato com ela nos filmes, televisão etc, além de admirá-la muito.

ASSUNTOS RECORRENTES DE PORTUGUÊS

- GÊNEROS TEXTUAIS
- NORMA CULTA X COLOQUIAL
- GRAMÁTICA X LINGUÍSTICA
- GRAMÁTICA RELACIONADA À SEMÂNTICA
- FUNÇÕES DA LINGUAGEM

ASSUNTOS RECORRENTES DE LITERATURA

- QUINHENTISMO
- BARROCO
- REALISMO/NATURALISMO
- MOVIMENTOS DE VANGUARDA
- MODERNISMO
- POESIAS CONCRETAS
- LITERATURA CONTEMPORÂNEA
- FIGURAS DE LINGUAGEM

ASSUNTOS RECORRENTES DE ARTE E EDUCAÇÃO

- FÍSICA
- RENASCENTISMO
- CUBISMO
- SURREALISMO
- GRAFITE
- MÚSICA
- ESPORTES
- ARTES MARCIAIS

CAPÍTULO 12

MATEMÁTICA: UM FARDO DESDE A INFÂNCIA

O nascimento da matemática se perdeu nas areias do tempo. Há vestígios que apontam suas origens para mais de dois milênios antes de Cristo. Mas uma coisa é certa: o ser humano a desenvolveu por pura necessidade. Ela não se restringe ao domínio dos números, mas também nos ajuda a observar o espaço, a resolver problemas. Matemática é a arte de explicar, a técnica de conhecer as formas, é a ciência que trata das medidas. Como definiu o astrônomo **GALILEU GALILEI**, "matemática é o alfabeto com que Deus criou o Universo".

Como não podia deixar de ser, esses gregos sabem das coisas. A origem da palavra vem de Atenas. *Mathema* – que quer dizer conhecimento, estudo, aprendizado. *Techne*, ou *tika*, significa técnica ou arte. Matemática é a arte de explicar e conhecer, é a ciência dos padrões – ou regularidades. É uma disciplina que recria o mundo de forma abstrata, tentando explicar as relações que existem entre as funções, as figuras, os números. Afinal o que é uma fórmula senão um padrão para determinado caso, que venha a explicar um acontecimento possível?

Boa parte dos estudantes têm uma aversão enorme à essa disciplina – e até pouco tempo atrás eu me incluía no grupo –, mas é extremamente difícil pensar em viver sem a matemática e suas aplicações.

Esse é um dos motivos porque a parte da disciplina que mais conhecemos é a aplicada, a que direciona seus estudos para as aplicações em outras ciências do conhecimento, e que dá base a áreas como a medicina, física, química, engenharia, arquitetura etc. "Toda a educação científica que não se inicia com a matemática é, naturalmente, imperfeita na sua base", como afirmou o pensador francês **AUGUSTO COMTE**.

Até mesmo a matemática pura – aquela que visa a matemática pela matemática – está presente em nosso dia a dia. Em geral, ela se faz presente em nossas vidas não no momento de sua formulação, mas tempos depois de criada e desenvolvida. As bases dos sistemas de computadores que todos nós temos hoje em dia, por exemplo, são frutos da Teoria dos Números, desenvolvida pelos gregos antigos.

Sou medalhista nacional de matemática (OBMEP – Olimpíada Brasileira de Matemática das Escolas Públicas), na sexta e oitava série do (quinto e sétimo ano) fui, respectivamente, vice-campeão e campeão de uma olímpiada regional de matemática (OMEF – Olimpíada de matemática do Ensino Fundamental). E minha maior nota entre as provas objetivas do Enem foi justamente a nota de matemática (832 pontos). Mas confesso, ela sempre foi um grande obstáculo para mim.

E não faço tal declaração com ironia, mas com prazer. Lembro-me que, até por volta da terceira ou quarta série, eu não suportava matemática. Inclusive, acho que fiquei com escoliose de tanto carregá-la nas costas, um verdadeiro fardo. A partir daí, comecei a me mancar e cair na real de que se essa disciplina pode ser complexa ou simples – não é porque eu não gosto que ela vai mudar. Quanto mais nos queixamos de sua dificuldade, mais perdemos um tempo que poderia estar sendo destinado ao aprendizado dela.

O ITALIANO GALILEU GALILEI NASCEU NA ITÁLIA, EM 1564, E FOI UM DOS FUNDADORES DO RENASCIMENTO CIENTÍFICO DOS SÉCULOS 16 E 17, QUANDO OS HOMENS SAÍRAM DAS TREVAS DA IDADE MÉDIA. ASTRÔNOMO, FÍSICO, ENUNCIOU A LEI DA QUEDA DOS CORPOS, PRECURSORA DA LEI DA INÉRCIA E DA MECÂNICA NEWTONIANA. FOI O PRIMEIRO A FAZER USO CIENTÍFICO DO TELESCÓPIO, DESCOBRINDO AS MIRÍADES DE ESTRELAS QUE FORMAM A VIA LÁCTEA.

E não dá para decorar matemática. Tem que aprender. Essa foi uma das maiores lições que aprendi com minha ex-professora de matemática, Simone Maria. Dizia ela que essa disciplina é universal, não existe um meio-termo, ou se sabe ou não. E para saber só havia um caminho: o treino. Assim que venci meus maiores obstáculos da infância, a tabuada e as divisões. Puro treino. Parei de reclamar e coloquei as mãos na massa.

O FILÓSOFO FRANCÊS AUGUSTO COMTE É CONHECIDO COMO O PAI DO POSITIVISMO – UM DOS FUNDAMENTOS DESSA CORRENTE DE PENSAMENTO É A IDEIA DE QUE TUDO QUE SE REFERE AO SABER HUMANO PODE SER SISTEMATIZADO, SEGUNDO OS MESMO PRINCÍPIOS ADOTADOS COMO CRITÉRIOS DE VERDADE PARA AS CIÊNCIAS EXATAS E BIOLÓGICAS. NASCEU EM 1798, FALECENDO AOS 59 ANOS. FOI CONSIDERADO O GRANDE SISTEMATIZADOR DA SOCIOLOGIA.

Outra confissão: sempre fui competitivo. Não ao extremo, pois tudo ao extremo torna-se maléfico, mas sempre tive muita vontade de me destacar em competições, como é o exemplo das olimpíadas. Então havia dois caminhos: renunciar à minha competitividade e continuar me queixando da dificuldade que sentia pela matemática ou começaria, realmente, a trabalhar duro e me dedicar.

Optei pela segunda via. E então tive que me aliar às questões. Para mim, essa sempre foi a melhor maneira de aprendizado. Com o tempo, encontrar o resultado se tornava até divertido, só de pensar que antes eu a odiava e depois passei a compreendê-la e adorá-la.

No Enem não é diferente. Foi através das questões também que passei a ter uma boa proficiência. Num cômputo geral, as questões têm raciocínios moderadamente simples, o problema é o tempo e o número enorme de cálculos. Além, é claro, da prova ter um vasto conteúdo e o número de questões – o maior para uma única matéria: 45.

Para solucionar isso, continuei no sistema de resolver questões sucessivamente, para ter ritmo de resolução, não me desanimar no meio da prova e conseguir cumprir o tempo. Quanto ao grande número de contas que há nesse caderno, busquei me adequar parando de usar calculadora enquanto estava me preparando para o Enem. Qualquer situação, dúvida, ou até mesmo estudando, só desenvolvia cálculos à mão. Esse exame requer mais que preparo físico, requer preparo psicológico. Então, temos que simular ao máximo as condições da prova.

Quando estava me preparando, resolvendo as questões, fiquei com o costume de sempre ler a pergunta em primeiro lugar. Porque, às vezes, quando lemos logo o texto, queremos adiantar os cálculos, deduzindo o raciocínio. A problemática é que boa parte dessas vezes perdemos tempo com contas que nem serão úteis, tornando-se desnecessário o desenvolvimento de tais cálculos. Uma continha parece ser pouco, nem gasta muito tempo. Então, pense que você perde um mísero e breve minuto em cada questão. Parece pouco, mas considere que a média no Enem é de três minutos por questão.

Logo, a cada três questões com um minuto perdido você estaria perdendo o tempo de mais uma. Seguindo esse raciocínio, só daria para resolver uma média de 34 questões, e as outras ficariam a cargo do acaso, do nada confiável chutômetro. Um bom exemplo:

ENEM 2011 | LINGUAGENS, CÓDIGOS E SUAS TECNOLOGIAS

De acordo com a ONU, da água utilizada diariamente,

- 25% são para tomar banho, lavar as mãos e escovar os dentes.
- 33% são utilizados em descarga de banheiro.
- 27% são para cozinhar e beber.
- 15% são para demais atividades.

No Brasil, o consumo de água por pessoa chega, em média, a 200 litros por dia. O quadro mostra sugestões de consumo moderado de água por pessoa, em algumas atividades.

	CONSUMO MÉDIO DE ÁGUA NA ATIVIDADE (EM LITROS)
TOMAR BANHO	24,0
DAR DESCARGA	18,0
LAVAR AS MÃOS	3,2
ESCOVAR OS DENTES	2,4
BEBER E COZINHAR	22,0

Se cada brasileiro adotar o consumo de água indicado no quadro, mantendo o mesmo consumo nas demais atividades, então economizará diariamente, em média, em litros de água,

- **A** 30,0
- **B** 69,6
- **C** 100,4
- **D** 130,4
- **E** 170,0

RESOLUÇÃO

Ao ver essa questão, já daria para ir encontrando a quantidade de litros de água que um brasileiro consome, baseado nas porcentagens fornecidas pela ONU. Mas isso seria perda de tempo. Lendo a pergunta primeiro, dá para entender que a questão quer saber a economia que haverá se utilizarmos a tabela com sugestões – considerando que a quantidade de água consumida nas demais atividades permanece a mesma – em relação aos duzentos litros iniciais.

Então, precisamos saber qual é o total de litros das sugestões (24 + 18 + 3,2 + 2,4 + 22), que resulta em 69,6. Todavia, o enunciado afirma que as demais atividades consomem como antes (15% dos 200 litros), logo, precisamos saber qual o consumo das demais atividades. Para isso aplicamos uma regra de três:

200 litros = 100%

x litros = 15%

$200 \times 15 = 100 \times x$

$3000 = 100x$, simplificando ambas as partes por 100, temos que:

$X = 30$ litros

Assim, somamos aqueles 69,6 litros a esses 30 litros, totalizando 99,6 litros. Mas essa não é a resposta, pois, o comando da questão (a pergunta) quer saber qual a economia em relação à média brasileira de 200 litros. Portanto, é só subtrair os 99,6 dos 200, que dá 100,4 litros, resposta correta letra **C**

Ao resolvermos esse tipo de questões, checando as edições anteriores do Enem, passamos a observar quais são os assuntos mais recorrentes de Matemática, e onde devemos nos concentrar:

- **MATEMÁTICA BÁSICA (REGRA DE TRÊS, PROPORÇÃO, ETC.)**
- **PROBABILIDADE**
- **ESTATÍSTICA**
- **ANÁLISE COMBINATÓRIA**
- **FUNÇÃO DO 1° GRAU**
- **FUNÇÃO DO 2° GRAU**
- **GEOMETRIA PLANA**
- **GEOMETRIA ESPACIAL**
- **TRIGONOMETRIA**
- **ÁLGEBRA**
- **PROGRESSÕES ARITMÉTICAS E GEOMÉTRICAS (PA E PG)**

CAPÍTULO 13

REDAÇÃO: DE ZERO A MIL

Estava ansioso. O professor chamou meu nome. Caminhei em direção a ele, a garganta seca. Achava que tinha ido bem naquela prova, mas sabe-se lá. Sempre dá o tal frio na barriga. Ainda mais quando a cabeça do monstro que você está enfrentando é a mais imprevisível de todas, a redação. Peguei o papel que o professor estendeu e fui logo para o final da folha. "Não era possível" – pensei comigo mesmo. Rapidamente conferi se aquela prova era de fato minha, e sim, era possível, constava ali o meu nome completo. Faltando apenas dois meses para o Enem, e no ápice de minha autoconfiança, como poderia ter zerado uma redação? Aturdido consegui ler, na parte inferior, apenas a inscrição: "fuga do tema".

O papel das tecnologias na educação do Brasil. Esse foi o tema daquela redação. Um tema aparentemente fácil. Aí que está o problema, aí é que pode morar o perigo: achar que dominamos o tema e então saimos escrevendo sem equacionar a questão. Ao me deparar com aquela proposta, só de ver o nome TECNOLOGIA, parece que os pensamentos se soltaram para o papel, ficaram desenfreados para exibir alguma bagagem sociocultural. No calor da hora, dei uma de banana, ou escorreguei na própria, e posso dizer que "viajei na maionese".

São perigosos esses momentos nos quais você quer dar uma de *expert* e começa a falar sobre determinado assunto desde as raízes paleolíticas. Bem, assim eu o fiz. Descrevi até mesmo a revolução industrial (assunto nada a ver com o tema) e critiquei o que deu para criticar quanto aos países desenvolvidos que monopolizam as tecnologias, mandando para os subdesenvolvidos apenas os resíduos sólidos, em forma de "doação". Enfim, fiz o que podia para exibir meus conhecimentos sobre o tema "tecnologias" – mas o que elas representam para a educação no Brasil, qual o seu papel em nosso país? Disso eu não tratei. E por isso me dei mal.

A escrita é uma das invenções mais preciosas da humanidade. Escrever é se comunicar, é se manifestar. É fazer valer seus direitos. Escrever é uma arte, mas também uma poderosa arma política. A escrita é uma das bem sucedidas manifestações de sentimento, protesto, reivindicação etc. que o homem já inventou. Saber usá-la é mais que um dom, um talento que alguns têm e outros não. Escrever é uma necessidade de sobrevivência. Quem não é alfabetizado, quem não sabe escrever, vive pior. É excluído das decisões, alijado de ter voz ativa, e consequentemente fica distanciado do poder.

Como escrever não é um hábito que se adquire facilmente, quando chega o ensino médio nos damos conta de que precisamos trabalhar duro para conquistar um bom domínio linguístico e argumentativo – condição fundamental para se tecer redações eficazes e qualificadas. Sem muita prática até o segundo grau, precisamos treinar em pouco tempo, e assim como a maioria aí me incluo: a redação se transforma no carrasco dos jovens. Se formos mal numa redação podemos colocar tudo a perder, principalmente a vaga na tão almejada universidade.

Também é difícil se preparar para uma prova que é julgada de forma subjetiva, já que não é como as outras, que podemos ter uma noção da nota final em função do número de acertos. Mas há várias maneiras de se adequar à redação, de se preparar para a prova e conseguir obter uma nota boa (ou ótima). Lembro-me de ter ficado muito ansioso durante os estudos, de ter medo, mas graças à técnica, baseada nos editais, e ao treino, com a realização de várias redações ao longo do ano, consegui uma nota que, de fato, foi de suma importância na minha aprovação – obtive 960 pontos nesta prova no Enem.

A nota zero naquela redação sobre as tecnologias me despertou para esse ponto – do tema ser aparentemente muito fácil. E assim, ao desenvolvê-lo, talvez pecasse não por omitir, mas por usar informações demais para tentar destacar minha redação no meio das tantas outras a serem julgadas. De maneira que fugiria do tema ao "viajar" e não abordá-lo realmente do modo que havia sido solicitado na proposta. Fugir assim resultaria em um zero ou em uma nota muito baixa. Nas duas ocasiões, minhas chances de conseguir a vaga seriam incrivelmente diminuídas.

Para conseguir me livrar desse medo foi necessário pensar em algo que me direcionasse e me mantivesse focado no que estava sendo pedido. Assim, após examinar a proposta de redação, eu tentava dividi-la em dois tópicos: geral, que trataria sobre o assunto como um todo; e específico, já que qualquer assunto solto torna-se muito amplo para debate, fazendo necessário pegar uma parte específica do mesmo. Tomemos os três últimos temas do Enem. Depois de compreendê-los, fiz o planejado e assim os dividi:

TEMA 2012: MOVIMENTOS IMIGRATÓRIOS PARA O BRASIL NO SÉCULO XXI
GERAL: MOVIMENTOS IMIGRATÓRIOS
ESPECÍFICO: BRASIL, SÉCULO XXI

TEMA 2013: EFEITOS DA IMPLANTAÇÃO DA LEI SECA NO BRASIL
GERAL: LEI SECA
ESPECÍFICO: EFEITOS

TEMA 2014: PUBLICIDADE INFANTIL EM QUESTÃO NO PAÍS
GERAL: PUBLICIDADE INFANTIL
ESPECÍFICO: NO BRASIL

Ao fazer essa divisão, fica muito mais claro compreender o que, realmente, os corretores desejam. No primeiro caso, de 2012, se eu não tivesse efetuado essa separação entre geral e específico, teria me colocado a escrever desmedidamente sobre o assunto a fim de demonstrar conhecimento histórico (o que daria brecha para tratar das grandes guerras, dos ciclos econômicos do Brasil etc.) e ganhar pontos.

Entretanto não era isso que interessava. Percebi que precisava me ater ao tema específico "Brasil; Séc. XXI". Assim, se agisse como mencionei acima, já não estaria falando do nosso país, e também não estaria tratando do período histórico especificado, ou seja, estaria fugindo do tema. Claro que uma contextualização histórica na introdução é sempre interessante para demonstrar entendimento sobre o assunto, mas quando prolongado em demasia pode significar um desastre e, até, um ano "perdido". Portanto, todos que fizeram o Enem 2012 precisaram escrever não sobre as migrações causadas pelas Guerras Mundiais ou ao longo do ciclo da borracha, mas sobre grandes números de haitianos, bolivianos, dentre outros, que vieram para cá desde 2001 (século XXI).

Já na segunda prova, de 2013, lendo a proposta de forma precipitada, só ao ver "Lei Seca" já daria certo desespero, por assim dizer, pois esta é uma lei muito difundida no país e quase todos a conhecem, e eu poderia sair escrevendo muito sobre ela. Começaria a discorrer, por exemplo, sobre fatores que levaram à criação dessa lei, a sua importância para a sociedade, como ela deveria diminuir o número de acidentes nas estradas brasileiras, e, assim, também diminuir o número de leitos nos hospitais para atender feridos, o que poderia contribuir para aliviar a agonia que há no SUS etc.

Mas esse seria só o assunto geral. Precisamos ver que o específico no caso desse tema é "Efeitos". Então não é para escrever sobre causas, que levaram nossos legisladores a aprovar tal lei, e sim sobre consequências, os efeitos sociais em função da sua aprovação, alguns anos depois de posta em prática por nossas autoridades de trânsito.

Os que fizeram essa redação, portanto, não deveriam escrever que a legislação foi feita para diminuir o número de acidentes, mas que a aplicação dela é que implicou na diminuição de tal número, até então extremamente alto.

O terceiro tema, de 2014, foi o do ano em que fiz o Enem e consegui assegurar minha vaga no curso de Medicina da UFS (Universidade Federal de Sergipe). Ao me deparar com o tema, quase cometi o erro apontado nos dois exemplos anteriores, pois logo pensei em escrever só sobre a "publicidade infantil", seus males, por que ela precisa ser combatida, o que os gestores públicos precisam fazer e o que os civis precisam fazer etc. eu estava bastante nervoso, pois era a primeira vez que tinha me inscrito para um exame de tal importância.

Contudo respirei fundo. Fui ao banheiro, e molhei o rosto (é o que sempre faço para me concentrar e me acalmar mais) e voltei para a sala de aplicação. Li novamente os textos de apoio e a proposta, aí então me lembrei da estratégia e separei o tema nos dois pontos. Pude entender que, na verdade, não era para iniciar uma discussão a respeito da publicidade infantil, mas pra escrever sobre a discussão que já existe, visto que o assunto específico é "em questão; Brasil". Isso quer dizer que já existe um embate, cabe a nós dissertarmos acerca dele e sempre direcionado para nosso país. Assim, consegui não fugir da proposta!

Antes de fazer a prova, fiquei com medo de o tema ser muito difícil e não conseguir desenvolvê-lo. Certamente, entender como não fugir da proposta é o primeiro passo para alcançar uma boa nota, em qualquer redação. Sobretudo porque há infinitos temas para a redação do Enem, mas todos são dissertativo-argumentativos. Então, todos se assemelham do ponto de vista estrutural. Assim me dediquei a desenvolver um "esqueleto" para todos os meus textos desse gênero.

Inicialmente, dividi a redação nos quatro parágrafos clássicos, que seguem os padrões aristotélicos: introdução, desenvolvimento I, desenvolvimento II e conclusão (começo, meio e fim). Assim eu conseguiria um norte para qualquer proposta que viesse a ser apresentada.

1 INTRODUÇÃO

Tópico frasal (ou citação)
Contextualização
Ponto de vista (ou pergunta)

2 DESENVOLVIMENTO I

Fundamento I (ou causa; ou pontos positivos)

3 DESENVOLVIMENTO II

Fundamento II (ou consequência; ou pontos negativos)

4 CONCLUSÃO

Frase "resumitiva"
Quem vai fazer? O que vai fazer? Como vai fazer?
(Uma ou duas vezes, varia de acordo com o tema)
Frase otimista (só utilizo quando vejo que cabe no tema)

Ao organizar uma estrutura como essa fica muito mais fácil para desenvolver qualquer assunto. Senti mais necessidade de ter algo desse tipo, pelo fato de deixar a redação por último, no segundo dia do Enem. Partir apenas do tema para construir a redação a por pura inspiração, nos momentos finais da prova, não faria eu me sentir nada seguro quanto ao resultado. Além do mais, nunca gostei da ideia de estudar por temas.

A proposta não é motivo para se desesperar. Para qualquer tema há infinitos modos para tecer nosso texto, analogamente a uma circunferência, onde há infinitos pontos à mesma distância do centro. No nosso caso, há inúmeras linhas de raciocínio que distam igualmente da proposta de redação. Sendo que esta serve apenas como norte para guiarmos nosso texto, já que a escrita é algo universal e um cidadão com senso crítico tem capacidade suficiente para assumir um posicionamento diante de quaisquer situações apresentadas.

Imagine só: eu todo confiante, esperando o aplicador entregar o

Enem, já com convicção que o tema será sobre o meio ambiente, mas quando chega, deparo-me com a proposta "Publicidade infantil em questão no país". Acredito que ninguém gostaria de passar por uma situação dessas. E foi pensando nisso que desenvolvi a minha estrutura.

Quando faço a compreensão do tema, dividindo em "geral" e "específico", automaticamente faço o clássico tópico frasal, que nada mais é que um resumo geral sobre o que a proposta aborda. Ou então, utilizo uma citação. Mas aí gera uma dúvida: "Para conhecer uma citação, eu deveria estudar por temas, para ter uma para cada um, certo?". Errado. O melhor jeito de aprender citações universais (que podem ser utilizadas para inúmeros temas) é estudar filosofia.

É importante aprender um pouco mais sobre os filósofos contratualistas (aqueles que falam sobre o "contrato social", como Hobbes, Locke e Rousseau), filósofos existencialistas (que trabalham o homem como um ser que tem a existência antes da essência, como Kierkergaard e Sartre), filósofos iluministas (aqueles que se debruçaram sobre a questão do pensamento racional como Voltaire, Montesquieu e Kant, ao invés do misticismo). Além de conhecer melhor as ideias de grandes personalidades, do mundo e do Brasil, como Nelson Mandela, Monteiro Lobato e Raul Seixas. Algumas citações que nos fazem pensar e podem funcionar como apoios para desenvolvimento de vários temas.

Muitos professores de redação não orientam a começar com uma citação, pois dizem que a introdução é o local onde devemos concentrar nossa opinião. Mas de toda forma o tópico frasal, que todos orientam fazer, também não traz uma opinião, traz um resumo. Além disso, a introdução, como o próprio nome diz, serve para introduzir a minha argumentação em favor de meu ponto de vista – pois se trata de um texto dissertativo-argumentativo. Sendo assim, nada melhor que começar citando alguém que tenha a mesma linha de raciocínio da nossa. Até porque a redação passa a ser menos "achista". Lembrando sempre que nem todos os temas, naturalmente, podem ser iniciados com uma citação.

Tomando como exemplo o tema que fiz no Enem ("Publicidade infantil em questão no país"), um possível tópico frasal seria quanto à pauta que existe, em parâmetro nacional, sobre a proibição ou não das peças publicitárias que visam o público infantil. Mas, isso é o óbvio, devemos contextualizar, ou melhor, explicar por que esse fato acontece. Então, dá para contextualizar dizendo que a publicidade infantil se dá por não haver uma legislação específica para tal caso.

Para terminar a introdução colocamos o ponto de vista, que revela de imediato o nosso posicionamento acerca do assunto. Ou então, como eu prefiro, uma pergunta. Pois, com ela eu prenderia mais o leitor (isto é, o corretor), e sempre que utilizo uma interrogativa dessas serve como escada, para a partir dela elaborar minha linha argumentativa.

No desenvolvimento (que gosto de trabalhar com apenas dois parágrafos) há várias formas de se argumentar, pois não devemos simplesmente nos limitar a expor o tema. Dentre elas as mais utilizadas são causa/consequência. Explicamos os motivos de estar acontecendo o fato que é abordado no tema, e depois tratamos sobre os resultados; pontos positivos/negativos, no qual abordamos os dois lados da moeda, o lado benéfico e o lado maléfico do proposto; fundamentos por duas vertentes, como um mesmo fim sob duas óticas, dois males proporcionados pelo mesmo agente.

Como exemplo da primeira forma, o tema da edição 2013 ("Efeitos da implantação da Lei Seca no Brasil") por si próprio já sugere esse método, no qual em um dos parágrafos do desenvolvimento abordamos as causas da Lei, isto é, o que motivou os parlamentares a projetá-la. Sem esquecer de deixar pelo menos as linhas finais do parágrafo para o uso da opinião. No outro parágrafo, podemos trazer aquilo que o tema realmente quer: os efeitos. Assim, o terceiro parágrafo da redação serviria para tratar das consequências, do que gerou e ocasional tal Lei.

Já o segundo método – pontos positivos/negativos – foi o que utilizei para produzir a minha última redação antes do Enem, "O abuso nos trotes universitários no Brasil", a pedido de meu ex-professor de redação, Nilson Lima. Ao desenvolvê-la optei por esse modo de argumentação, pois poderia em um parágrafo expor os pontos positivos dos trotes: socialização, conhecer o campus, ter contatos com pessoas experientes etc. E no outro parágrafo escrever sobre a selvageria e barbárie que alguns veteranos utilizam para cometer crimes, que vão desde embebedar o calouro e abandoná-lo em um local deserto até jogar ácido em seu corpo ou praticar violência sexual.

A última maneira – dois fundamentos distintos – foi a qual tomei como base para tecer a minha redação do Enem 2014, "Publicidade infantil em questão no país". Com essa, pude trabalhar minha visão da discussão acerca do tema sob dois eixos. No primeiro parágrafo de desenvolvimento, trabalhei o debate que há no Brasil pela vertente do meio ambiente. No segundo, fiz o mesmo, só que em vez de observar pela ótica do meio ambiente, observei pela da saúde. Sendo esta grande prejudicada pelo consumo desenfreado de "fast food".

Por fim, vem a conclusão, que é a parte que por si só gera pontos. Então, inicialmente, apresento uma frase simples, com o propósito de dar um balanço geral sobre o que escrevi. Depois, como precisamos pensar em quem vai solucionar, qual será a solução e como seria aplicada.

Para lembrar de algum dos agentes sociais que podem ser citados, em questões como essa, utilizo a clássica sigla: GOMIFES (Governo, ONG, Mídia, Indivíduo, Família, Escola e Sociedade), ou então, como sempre sou um dos últimos a entregar as provas, penso que estou ficando sozinho na sala, pois "Muita Gente SE FOI" [escrevo esta última frase, daí percebo que as duas primeiras iniciais e as duas últimas palavras são as iniciais de Mídia, Governo, Sociedade, Escola, Família, ONG e Indivíduo] .

Para finalizar, quando necessário faço uma frase otimista, pois sendo que é um texto dissertativo-argumentativo, vou argumentar para convencer alguém, neste caso o corretor. Sem fugir do tema, procuro uma pequena frase que mostre positividade em relação às minhas propostas de intervenção.

Toda essa estrutura serve para nos dar uma direção, para não ficarmos perdidos sem saber por onde começar a redação e tampouco por onde terminá-la. Mas precisamos saber em que martelar para obter uma boa nota. Foi nesse ponto que percebi que, mesmo sendo a correção sempre subjetiva, deve-se salientar que há critérios determinados para qualquer correção. Assim sendo, ainda em meu primeiro ano, busquei saber quais seriam os pontos observados para a prova que eu viria a enfrentar no final do ano. Então, fui atrás desses pontos, isto é, das competências, que são apenas cinco:

1. DEMONSTRAR DOMÍNIO DA NORMA PADRÃO DA LÍNGUA PORTUGUESA;

2. COMPREENDER A PROPOSTA DE REDAÇÃO;

3. CAPACIDADE DE SELECIONAR E ORGANIZAR AS INFORMAÇÕES;

4. DEMONSTRAR CAPACIDADE E CONHECIMENTO DA LÍNGUA PARA ARGUMENTAR NO TEXTO;

5. ELABORAR UMA PROPOSTA DE SOLUÇÃO PARA OS PROBLEMAS ABORDADOS, OBSERVANDO OS DIREITOS HUMANOS, VALORES E DIVERSIDADE.

Ao observá-las, dá para saber que não é tão difícil obter uma boa pontuação, pois o primeiro critério é a gramática formal, ou seja, devemos treinar para na hora não errar acentos, colocação de vírgulas, e também prestar atenção para não cometer alguns erros que chegam ser abomináveis (como escrever assassinato com "ç"). Treinando bem ortografia já asseguramos 200 pontos para a nota final. Valendo lembrar que digo que não é tão difícil garantir esses 200 pontos, mas foi a única competência em que perdi pontos (40, para ser exato).

O segundo ponto a ser visto já fora trabalhado, a tal compreensão de tema. Logo, enquanto tomei cuidado para não fugir dele e escrever sobre o que foi pedido, já ganhei, automaticamente, mais 200 pontos. Então me deparei com a terceira competência, e se pararmos para refletir já saímos de casa com ela, pois quem nunca ouviu falar sobre movimentos imigratórios, ou sobre Lei Seca, ou então sobre publicidade infantil?

Já temos argumentos para assuntos como os que são cobrados, só falta nos lembrarmos deles e nos fixarmos nas partes que nos interessam, distribuindo nossos pontos de vista para não haver desproporcionalidade (por exemplo, um parágrafo de desenvolvimento com 15 linhas e dois argumentos, enquanto outro com cinco linhas e sem argumento algum). Além disso, para ficar "fera" em assuntos da atualidade, passei a me conscientizar da necessidade de assistir telejornais, ler almanaques e pesquisar constantemente em portais de notícias.

Já a quarta competência é a mais simples. Como cobra a coesão, senti necessidade em ampliar meu vocabulário de conectivos, então recorri às gramáticas, onde aprendi vários recursos coesivos novos e, o mais importante, onde usá-los. A partir daí, em todos os textos que fui produzir (inclusive este que você está lendo), me esforcei para usar uma boa variedade de conectivos. Em uma redação, que deve ser objetiva devido à restrição de espaço, torna-se interessante utilizá-los em quase todas as frases. Então, com esse simples hábito, assegurei mais 200 pontos.

Em síntese, ao se preparar já dá para sair de casa com os pontos da gramática, dos argumentos e da coesão, totalizando 600 pontos. Então, pense que só falta compreender a proposta e, por fim, fazer uma conclusão consistente, que dê uma resposta objetiva para a proposta. Com isso, pela estrutura já formulada dá para fazer uma conclusão suficientemente bem.

Assim ficou minha redação do Enem – que reescrevi aqui com os erros que cometi:

ATUALMENTE, O USO DEMASIADO DE PEÇAS PUBLICITÁRIAS QUE TÊM COMO ALVO PRINCIPAL CRIANÇAS E ADOLESCENTES FEZ SURGIR UMA PAUTA, EM PARÂMETRO NACIONAL, QUANTO A PROIBIÇÃO OU LEGALIZAÇÃO DE TAIS PEÇAS. NA CONSTITUIÇÃO DO BRASIL NÃO HÁ NENHUMA LEI OU ARTIGO QUE VENHA A INTERVIR NA PROPAGANDA DO SETOR EM QUESTÃO, O QUE DEIXA A DISCUSSÃO MAIS DENSA E COMPLICADA. MAS, SERÁ QUE É CORRETO PERSUADIR E INDUZIR AO CONSUMISMO AS FAIXAS-ETÁRIAS MAIS VULNERÁVEIS?

EM PRIMEIRA INSTÂNCIA, ESSE APELO POR PARTE DAS EMPRESAS DE ARTIGOS INFANTIS, SEJAM PRODUTORAS OU APENAS DIFUSORAS, PRATICAMENTE JÁ LEVAM AS CRIANÇAS PARA UM CONSUMISMO DESENFREADO, QUE É UM DOS GRANDES CAUSADORES DO CENÁRIO CATASTRÓFICO AMBIENTAL MUNDIAL. JÁ QUE, COM A GRANDE DEMANDA DE TAIS PRODUTOS OU SERVIÇOS SE TORNA NECESSÁRIA A EXTRAÇÃO DE MATÉRIAS PRIMAS EM DEMASIA. ALÉM DISSO, AUMENTA-SE CADA VEZ MAIS O VOLUME DE RESÍDUOS SÓLIDOS NO PLANETA, POR ISSO QUE PAÍSES DE ALTA INFLUÊNCIA, COMO INGLATERRA, ITÁLIA E BÉLGICA, JÁ PROIBIRAM TOTAL OU PARCIALMENTE OS COMERCIAIS COM ESSES INTERESSES.

EM SEGUNDA INSTÂNCIA, SEGUNDO A OMS (ORGANIZAÇÃO MUNDIAL DE SAÚDE), O NÚMERO DE CASOS DE HIPERTENSÃO, DIABETES E OBESIDADE JUVENIL NO BRASIL VÊM CRESCENDO, E SÃO PROVINDOS – NA MAIORIA DAS VEZES – POR TODO O APARATO UTILIZADO PELAS REDES DE "FAST FOOD" PARA INFLUENCIAR AS CRIANÇAS E ADOLESCENTES A SE ALIMENTAR COM TAIS DIETAS. DESSA FORMA, NECESSITAMOS DE UMA REGULAMENTAÇÃO OFICIAL NACIONAL – SENDO QUE O SENADOR EDUARDO AMORIM JÁ APRESENTOU

PROJETO DE LEI PARA ISSO – PARA A CULTURA DE MASSA INSERIDA NO PAÍS.

EM SUMA, O EXAGERO PUBLICITÁRIO INFANTIL GERA VÁRIOS DANOS, TANTO PARA A SAÚDE QUANTO PARA O AMBIENTE. LOGO, É PROEMINENTE QUE OS GESTORES PÚBLICOS CRIEM POLÍTICAS QUE VISEM A INSTAURAÇÃO DE UMA LEGISLAÇÃO PRÓPRIA PARA O ASSUNTO, INSTITUINDO CERTOS HORÁRIOS E RESTRINGINDO ALGUMAS FAIXAS-ETÁRIAS. ALÉM DISSO, É INTERESSANTE BONIFICAR OS SETORES MIDIÁTICOS QUE PROPAGAREM E DIFUNDIREM HÁBITOS SAUDÁVEIS E SUSTENTÁVEIS.

Nos comentários, que saem logo após a divulgação da nota, vi que meus únicos problemas foram alguns desvios da gramática padrão. O raciocínio geral estava correto e a estrutura de divisão que segui realmente funcionou:

EM APENAS DOIS MESES, DA NOTA ZERO NUMA REDAÇÃO CONSEGUI CHEGAR EM QUASE MIL... O QUE PROVA QUE, SE COMPREENDEMOS BEM O QUE NOS É PEDIDO, E TREINARMOS SEGUINDO AS REGRAS DO JOGO, PODEMOS OBTER RESULTADOS EXTRAORDINÁRIOS.

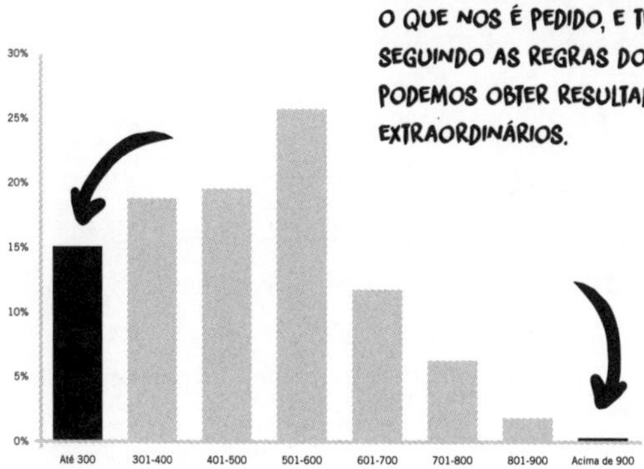

CAPÍTULO 14

O GATO DE SCHRÖDINGER

Imagine um gato. Imagine agora que ele esteja dentro de uma caixa com um frasco de veneno lacrado, que pode se abrir em algum momento aleatório, imprevisível. Considerando que ninguém sabe quando ou se o veneno é liberado, até que a caixa seja aberta, o gato pode ser tido como vivo e morto ao mesmo tempo. Esse foi o experimento imaginário proposto pelo austríaco **ERWIN SCHRÖDINGER**, em 1935, um dos cientistas mais notáveis da física quântica. O seu experimento singular também entrou para a história da ciência moderna.

Mas... você já viu um gato vivo e morto ao mesmo tempo? Já viu alguma foto no Facebook com a legenda "Olha que lindo, meu gato vivo-morto"? Claro que não. Ele só pode estar vivo e morto na nossa imaginação, quando tratado de forma hipotética. No caso do gato de Schrödinger só poderíamos saber se ele estava vivo ou morto abrindo a caixa.

Há outra pergunta a fazer, aparentemente nada a ver com o tal gato: qual a maneira ideal de se estudar em casa? Essa é uma dúvida que chega a ser quase hiperbólica para uma esmagadora parcela dos estudantes. À medida que o Enem vai se aproximando e o tempo ficando escasso, torna-se necessário que a preparação final seja a mais eficaz possível. Criar um método próprio, a essa altura do campeonato, gera certa des-

PRÊMIO NOBEL DA FÍSICA, ERWIN SCHRÖDINGER NASCEU NA ÁUSTRIA EM 1887. SUAS EXPERIÊNCIAS ESTABELECERAM AS BASES CIENTÍFICAS DO ESTUDO DA MECÂNICA ONDULATÓRIA, FUNDAMENTAL PARA A COMPREENSÃO DO COMPORTAMENTO DA LUZ E DAS PARTÍCULAS SUBATÔMICAS (AQUELAS QUE COMPÕEM O ÁTOMO, COMO NÊUTRONS, PRÓTONS E ELÉTRONS). O SEU EXPERIMENTO MENTAL DO GATO DE SCHRÖDINGER ILUSTROU UM DOS PROBLEMAS MAIS COMPLEXOS DA MECÂNICA QUÂNTICA. FALECEU EM VIENA EM 1961.

confiança... Não sabemos se esse possível modelo de estudo estaria correto, e assim recorremos à rotinas sugeridas nas páginas da internet, em livros, e/ou formuladas e distribuídas por colégios e cursinhos, pois teoricamente são uma forma testada e não apenas um protótipo.

Esse é o nosso "gato de Schrödinger". Precisamos testar para saber, ver para crer, se funciona ou não. Enquanto não testarmos uma configuração eficiente de estudo para nós mesmos, ela está certa e errada, simultaneamente. Só tomaremos pleno conhecimento quanto à sua veracidade se experimentarmos. Isto é, abrindo a nossa caixa que, de forma metafórica, descreve todo e qualquer empecilho ou bifurcação que venha para testar nossa autoconfiança e a nossa coragem.

Todo conhecimento precisa ser transmitido e assimilado de forma empírica, assim como afirmou o filósofo **ARISTÓTELES**, um dos maiores de todos os tempos. Dessa forma, a melhor maneira de aprender seria aquela baseada em experiências e sensações próprias. Visto que, sem qualquer sombra de dúvida, quem nos conhece melhor somos nós mesmos. Nunca gostei de seguir tabela de estudos de colégio algum. Em geral, são formulados através de módulos, ou algo do tipo, por um coordenador que por sua vez tem uma boa intenção: ajudar no aprendizado dos alunos.

Mas é preciso lembrar que uma rotina é algo muito importante para deixar que sua elaboração seja feita por alguém senão nós mesmos. Deve ser construída através da observação diária, dos nossos pontos positivos e negativos. Ao estudar

ALUNO DE PLATÃO, NASCIDO EM ESTAGIRA, NA GRÉCIA, 367 A.C., ARISTÓTELES É UM DOS FILÓSOFOS MAIS INFLUENTES DE TODOS OS TEMPOS. FILHO DE MÉDICO, PROFESSOR DE ALEXANDRE, O GRANDE, FUNDOU O LICEU, VOLTADO PARA O ESTUDO DAS CIÊNCIAS NATURAIS. DEDICOU SUA VIDA A CONHECER E DESENVOLVER CONCEITOS SOBRE ÉTICA, LÓGICA, POLÍTICA, FÍSICA, METAFÍSICA, E TAMBÉM À POESIA, AO DRAMA E À MÚSICA.

por uma rotina pré-moldada, seguindo a que todos seguem, estaríamos renunciando à nossa individualidade e personalidade, deixando, assim, de sermos pessoas ativas – segundo os ensinamentos nietzscheanos – para ser sermos pessoas reativas, aquelas que apenas reagem às decisões alheias ao invés de decidirem por si.

O filósofo alemão **FRIEDERIC NIETZSCHE** acreditava haver basicamente dois tipos de caráter: o ativo e o reativo, sendo aquele o caráter dos que fazem algo com expressão própria, como um músico que faz uma canção que traduz suas emoções. Ao invés deste que é característico das pessoas que reagem à expressão dos outros, como um músico que faz uma canção tão simplesmente para o mercado, para atender um gosto popular. Dessa forma acontece nos estudos: existem os alunos que através das suas dificuldades e obstáculos passam a se conhecer melhor e, assim, progredir com maior grau de reflexão e percepção. Ao contrário daqueles que tomam uma fórmula pronta e só a aplicam, sendo mais um no meio de tantos outros que assim o fizeram, sem atentar para suas próprias singularidades.

FRIEDRICH WHILHEM NIETZSCHE, NASCIDO EM 1844 NO IMPÉRIO ALEMÃO, TEM GRANDE PRESTÍGIO ATÉ HOJE. ENTROU PARA A HISTÓRIA COM SEUS TEXTOS CRÍTICOS À RELIGIÃO, MORAL E CULTURA. FILÓSOFO EXISTENCIALISTA, É AUTOR DE VÁRIOS LIVROS E AFORISMOS QUE RESUMEM DE FORMA BELA A CONDIÇÃO DO HOMEM. AMANTE DAS ARTES, ENTRE AS SUAS FRASES CÉLEBRES ESTÁ: "SEM A MÚSICA A VIDA SERIA UM ERRO". SEUS ESCRITOS DIRECIONARAM O HOMEM PARA A LIBERTAÇÃO DA ALIENAÇÃO RELIGIOSA DO POVO. EM 1889, SOFREU UM COLAPSO MENTAL, FALECENDO EM 1900.

Assim, vê-se que a primeira coisa a se fazer, antes de estudar, é ter independência, não financeira, mas independência de ideias. Isso parece fácil, mas milênios depois ainda encontramos dificuldades em entender o que o filósofo **SÓCRATES** afirmou. Quando tomou a inscrição de entrada do Templo de Apolo em Delfos, "conhece-te a ti mesmo" como inspiração, e a partir daí criou as bases da maiêutica, ou melhor, o chamado estado de maiêutica – que devemos assumir como o estado onde vivemos mentalmente para poder avançar.

A maiêutica, em termo rude, seria a própria ignorância, ou seja: nós deveríamos assumir nosso estado de ignorância, parar de acreditarmos que já sabemos o necessário e pensar que o que sabemos é irrisório quando comparado ao que dá para ser alcançado. Daí a máxima "Só sei que nada sei". Ao dizer isso Sócrates não estava dizendo que não sabia coisa alguma, mas que tinha ciência das coisas de que ainda não tinha conhecimento, e só um sábio é capaz de reconhecer isso.

Trazendo essa linha de raciocínio para as rotinas, faz-se preponderante que esqueçamos o que já há de pronto e paremos para refletir sobre nosso atual patamar, para nos conhecermos de forma efetiva e não superficialmente. Minha conjectura está mais atrelada aos resultados, sendo assim analiso o meu nível resolvendo inúmeras questões, pois ver melhor o que realmente sei ou não sei facilita a compreensão. De maneira análoga, a nossa atual situação é semelhante a de uma empresa que necessita fechar para balanço, e a partir de suas próprias condições e reflexos possa buscar o necessário para alcançar seus objetivos.

SÓCRATES DE ATENAS FOI O FUNDADOR DA FILOSOFIA OCIDENTAL, SENDO QUE ATÉ HOJE A FILOSOFIA É DIVIDIDA EM PRÉ-SOCRÁTICA, SOCRÁTICA E PÓS-SOCRÁTICA. TORNOU-SE RENOMADO PELAS CONTRIBUIÇÕES AO CAMPO DA ÉTICA E POR TER COLOCADO O HOMEM NO FOCO DA FILOSOFIA.

Ao fechar para balanço, passei a compreender o que realmente eu necessitaria para alcançar meus objetivos. Pesquisei muitas informações em vários guias, livros, mas formulei minha própria rotina, feita observando minhas peculiaridades:

SEGUNDA	TERÇA	QUARTA	QUINTA	SEXTA	SÁBADO
BIOLOGIA	MATEMÁTICA		QUÍMICA	HISTÓRIA	LITERATURA
GEOGRAFIA	FÍSICA		BIOLOGIA	FÍSICA	ARTE
QUÍMICA			MATEMÁTICA		FILOSOFIA
		REDAÇÃO			
CN	CN	MAT	CN	CN	MAT
CH	MAT	LG	MAT	CH	LG

Projetei uma tabela com duração diária de três horas, e no horário da noite, pois é meu momento favorito para estudar – das 19 às 22 horas. Então, distribuí duas horas para conteúdos e uma hora para questões. Só que pode até parecer cansativo as correlações das matérias, mas tentei facilitar, em geral, por meio de temas.

Na segunda-feira, as duas horas não seriam divididas entre as três matérias, mas ficariam para trabalhar em apenas um tema. Por exemplo, trabalharia a "Chuva ácida" nesse tempo, estudando o assunto pela visão das consequências biológicas, problemas no estado físico-geográfico e também pelas questões relacionadas à química.

Já na terça-feira, por se tratar de matérias semelhantes, procurei colocar assuntos mais trabalhosos. Assim, selecionei conteúdos que envolvem muitos cálculos para ambas as disciplinas. Através do treino contínuo poderia desenvolver mais meu desempenho das exatas. Ao estudar física, por exemplo, optaria por um conteúdo como termodinâmica, já com a matemática poderia focar em algo como geometria espacial.

A quarta-feira era um dia híbrido em minha rotina. Ao invés de uma hora para questões, eu cronometrava duas horas para produzir uma redação e resolver 20 questões (em geral resolvia este número cada dia da rotina) de edições do Enem.

Minha quinta-feira era focada em três disciplinas que, aparentemente, não têm nada a ver. Entretanto, fiz o possível para, ainda assim, aproximá-las. Por exemplo, percebi que assuntos como estequiometria e genética são marcados pelo uso constante das famosas regras de três, proporcionalidades, juros, razões etc. Então, tentei trabalhar matérias como aquelas junto com a matemática básica.

Na sexta-feira eu dividia as duas horas para as duas disciplinas. Assim, uma delas dedicada para o estudo de acontecimentos históricos. E a outra hora concentrada na física. Já que na terça-feira estudava mais cálculos, na sexta me concentraria nos conteúdos mais teóricos, como acústica, ótica etc.

No sábado, não dividi em conteúdos específicos mas gerais, quando poderia revisar temas como Classicismo, Paranasianismo, Filosofia etc.

CALENDÁRIO SEMANAL

MONTE SEU PRÓPRIO MODELO DE ESTUDO. VOCÊ PODE PREFERIR ESTUDAR BEM CEDO OU DEPOIS DO JANTAR, QUEM DECIDE É VOCÊ – E QUEM SE RESPONSABILIZA PELOS RESULTADOS TAMBÉM. VEJA QUAIS SEUS PONTOS FORTES E OS FRACOS. DETESTO ACORDAR CEDO MAS POSSO FICAR ESTUDANDO ATÉ DE MADRUGADA PRA COMPENSAR, TEM GENTE

	SEGUNDA	TERÇA	QUARTA
MANHÃ			
TARDE			
NOITE			

QUE FICA IMPRESTÁVEL DEPOIS DO ALMOÇO – SE FOR SEU CASO, TENTE CONCENTRAR A MAIOR PARTE DO ESTUDO DE MANHÃ. ESTABELEÇA OS HORÁRIOS, E NAQUELAS DUAS OU TRÊS HORAS CUMPRA A META, MANTENHA O FOCO. VOCÊ TEM UMA META A CUMPRIR E VAI VENCÊ-LA, MAS PRECISA TER UMA ESTRATÉGIA BEM PENSADA.

QUINTA	SEXTA	SÁBADO

O estudo de temas, assuntos que podem ou não cair etc — esse não era meu foco. Sempre estive antenado nas questões que para mim constituíam a parte mais produtiva do dia. Sendo assim, dividi a rotina em duas partes, cada uma com três dias. Na primeira metade, resolvia questões das edições do Enem de primeira aplicação. Já na segunda etapa, solucionava questões da segunda aplicação. A primeira é a prova que todos nós realizamos ao nos inscrevermos. Já a segunda é a versão para as pessoas privadas de liberdade (PPL).

Como no Enem temos quatro horas e meia para 90 questões, então a média de tempo por questão é de três minutos (4,5 x 60 : 90 = 3). Sendo assim, como havia deixado uma hora para as resoluções por dia eu resolveria 20 questões. Divididas, por sua vez, para dois cadernos diferentes, cada um com 10 questões aleatórias.

Na primeira etapa, coloquei os cadernos do primeiro dia (Ciências da natureza e Ciências humanas) na segunda-feira, os do segundo (Matemática, Linguagens e Redação) na quarta-feira e a terça-feira era reservada para reforçar os cadernos que garantem mais pontos pelo TRI (Ciências da natureza e matemática).

Na segunda etapa fiz o mesmo. Sendo que o primeiro dia do Enem cai na sexta-feira. O segundo dia do exame, composto por Matemática, Linguagens e Redação, é no sábado – vale lembrar que não faria a redação naquele dia, pois já havia treinado na quarta. Nessa mesma etapa, escolhi a quinta-feira como dia de reforço para as matérias mais complexas do Enem.

No sistema de elaboração de uma rotina pessoal, surge ainda uma problemática, dessa vez quanto ao tempo, pois aparentemente levaria tempo demais parar a rotina que estivesse praticando para pensar (ou repensar) numa outra feita para minhas necessidades. Mas daí eu pergunto: mais tempo não seria perdido ao insistir e persistir em um método defasado que não foi feito para você? Certamente que sim, pois mais vale parar um pouco para repensar do que atirar incansavelmente às cegas.

A tal parada para balanço não necessariamente quer dizer parar de estudar, seria simplesmente algum tempo para poder ver onde está errando, considerando novamente que cada qual tem seu tempo. Essa parada pode ser feita até mesmo em um final de semana dedicado à resolução contínua de questões, para ver se as matérias que estão sendo reforçadas, ou deixadas de lado, estão dispostas coerentemente.

Boa parte dos jovens também pode achar que é mais cansativo estabelecer horários próprios, ou pior, resolver muitas questões, já que realmente necessitam de certo tempo, muita atenção e preparo tanto psicológico quanto físico. Mas em momento algum das nossas vidas podemos esquecer que sem esforço não há resultado, e mesmo que houvesse não daria para perceber que o resultado chegou, porque se não existisse o fel, o mel jamais seria tão doce.

Também não se mede as conquistas de uma pessoa pelo seu patamar atual, mas sim pelo degrau inicial, de onde começamos – dessa forma, nossas vitórias são muito mais proveitosas quando trilhadas com passos autônomos, ou melhor, quando abrimos as nossas caixas e temos consciência de nossas necessidades e potências. Assim podemos adequar as circunstâncias à nossa realidade e também fazer o contrário, adequando a realidade às nossas circunstâncias.

AGRADECIMENTOS

A todos que fazem parte das instituições de ensino que me instruíram na valorização do estudo.

Ao Colégio Santa Catarina, ao Colégio Magnus, ao Colégio Dom Bosco, ao Colégio Monteiro Lobato, ao Colégio Estadual Murilo Braga, ao Curso Intensivão de Exatas (Colégio Monteiro), ao Bizurão (Curso e Colégio Alternativo) e Super Revisão (Curso G8), agradeço a formação e base que recebi no meio acadêmico.

Aos meios digitais "Guia do Estudante", "InfoEscola", "Física Total" – do meu ídolo Ívys Urquiza –, "Biologia Total" – do grande Paulo Jubilut – , do Curso de Química com o professor Arnaldo César, o site "Descomplica", às videoaulas de Mateus Prado, ao EBC – site governamental que usei para resolver as questões do Enem –, agradeço a benevolência de disponibilizar materiais educacionais tão ricos de conhecimento, de forma gratuita, para que pessoas como eu possam usufruir de ferramentas vitais em sua educação escolar.

Aos Magistrados, Meritíssimo Senhor Juiz Alberto Romeu Gouveia Leite, à sapiência que se fez favorável ao meu avanço acadêmico, e Dr. Elielma Chagas, pela interseção do competente recurso que se fez deferido.

Ao meu primo dr. Júnior Mendonça, Mayck Santa Rita e a Arnaldo César, pelo apoio moral e logístico em todas palestras e testemunhos que tenho ministrado, para estimular os jovens a despertarem para os estudos. Sem poder deixar de agradecer a Vercenilson Pereira Vieira que, além do incentivo, abriu-me as portas da rede Darwin de ensino, composta por diversos polos em todo o estado do Espírito Santo (Colatina, Cachoeiro do Itapemirim, Linhares, Guarapari, Cariacica, Serra, Vila Velha, Vitória e Coqueiral do Aracruz).

Aos gestores públicos do poder Legislativo do município de Itabaiana, pela aprovação de uma Moção Honrosa, em especial à Senhora Vereadora Edilene Barros, que a propôs.

Aos Deputados Estaduais de Sergipe pela aprovação de uma Moção Honrosa, em especial à Senhora Deputada Maria Mendonça – minha conterrânea – que a propôs.

Ao Excelentíssimo Senador da República Eduardo Amorim, pelas felicitações prestadas pelo meu êxito acadêmico em seu site oficial.

Ao Excelentíssimo Senhor Jackson Barreto, Governador do Estado de Sergipe, ao Excelentíssimo Senhor Jorge Carvalho, Secretário de Estado da Educação, ao Excelentíssimo Senhor Luciano Bispo, presidente da Assembleia Legislativa de Sergipe, e ao Senhor Éder de Jesus Diretor do Colégio Estadual Murilo Braga pela solene homenagem com placa e certificado, em reconhecimento e valorização do meu êxito como aluno de escola pública .

Ao Senhor Vereador do Rio de Janeiro, professor Rogério Rocal, pelo requerimento de Moção de Reconhecimento e Congratulações.

Aos profissionais que trabalham nas redes midiáticas de radiodifusão, impressas e digitais, da TV Globo, O Globo, SBT, Rede Record, TV Justiça, Rádio Justiça, TV Canção Nova, GloboNews, IstoÉ, TV Sergipe, TV Atalaia (SE), TV Aperipê (SE), Rádio Aperipê, TV ALESE (SE), TV ITnet (SE), Rádio Liberdade (SE), Rádio Capital do Agreste (SE), Rádio Itabaiana FM (SE), Rádio Princesa da Serra (SE), Rede Ilha (SE), Rádio Jornal (SE), Rádio Cultura (SE), Rádio 930 AM (SE), Rádio Atalaia (SE), Rádio FM 103 (SE), Rádio FM Sergipe (SE), Rádio Jovem Pan (SE), Rádio Jubileu (SE), Rádio Anchieta (SE), Rádio Xingó (SE), Rádio Ouro Negro (SE), Rádio Esperança (SE), Rádio Mar Azul (SE), Rádio Abaís (SE), Rádio Educadora (SE), Rádio Aparecida (SE), Rádio Eldorado (SE), Rádio São Domingos (SE), Rádio Nova Cidade (SE), Rádio Boca da Mata (SE), Jornal do Dia (SE), Cinforme (SE), Rádio Jacuipense (BA), Rádio TransRio (BA), Rádio TropicalSat (BA), TV Gazeta (ES), TV Tribuna (ES), TV Sim(ES), Jornal da Tribuna (ES), Rádio Gaúcha G1, R7, UOL, Globo.com, Band.com, IG, Zero Hora, Brasil 247, Folha Web, JusBrasil, Istoe.com, Ultra Educ, Revista Digital Educação, Em Resumo, Jus Notícias, Enem Te Conto, Progresso Nacional, Gabarito Final, Curiosa Mania, Pensador Anônimo, GS Notícias, Livros e Pessoas, Só Notícia Boa, Qual Concurso, Notícias Bol, Colégio Web, Go Tropa, Administradores.com, Portal 24 Net, Blasting News, Cantinho da Li, Blog do José Tomaz, Seed (SE), A8 (SE), SE Notícias, NE Notícias (SE), ITnet (SE), FaxAju (SE), Infonet (SE), Lagartense (SE), Diário do Agreste (SE), Coluna Sales Neto (SE), Mais Carira (SE), Ribeiropolis.net (SE), Gilson Neto (SE), Blog do Professor José Costa (SE), Sergipe Repórter, Feira da Notícia (SE), Portal Mais Glória (SE), Em Moita (SE), Jornal de Sergipe, Sergipe 247, Pingou Notícias (SE), Clic Sergipe, Pingou Notícias (SE), Simão Dias Como Eu Vejo (SE), Última Hora News (SE), Blog do Catete (SE), Blog Primeira Mão (SE), Universo Político (SE), Gilson de Oliveira (SE), Em Movimento (SE), iBahia, Fundação João F da Cunha (BA), Mídia Bahia, Tribuna da Bahia, Euclides em Destaque (BA), Blog da Michelle Magalhães (BA), A Notícia (BA), Bahia Já, Atos Notícias (BA), Correio 24 horas (BA), Voz da Bahia, Guanambi Notícias (BA), Interior da Bahia, Informa Bahia, Gil Santos Notícias (BA), Blog do Juraci Rebouças (BA), Ilhéus 24 horas (BA), Ozildo Alves (BA), Gil Santos Notícias (BA), Ubaitaba Urgente (BA), Blog do Rodrigo Ferraz (BA), Folha do Recôncavo (BA), Criativa Online (BA), Portal N3 (BA), Cabresto (BA), Circuito 10 (BA), Iguaí Mix (BA), Click Notícias (BA), Ilhéus Notícias (BA), Conquista News (BA), Blog do Farnésio (BA), Saiu no Blog (BA), Blog de Adriano Serravalle (BA), Barriga Notícias

(BA), SAJ Notícias (BA), Giro em Ipiaú 1 (BA), Valter Vieira (BA), Blog do Jorge Amorim (BA), Humildes Notícias (BA), Blog do Geraldo José (BA), Brumado Acontece (BA), Bocão News (BA), Blog Lucival Lopes (BA), Blog do Patrício Nunes (BA), Vilson Nunes (BA), Blog Marcos Frahm (BA), Tribuna Hoje (AL), Alagoas 24 horas, Agora tem Notícia (AL), Minuto Palmeira dos Índios (AL), Nesse Instante (AL), Diário de Pernambuco, Pesqueira Fuxico (PE), TV SBUNA (PE), Blog do Itamar (PE), Sou Mais Pernambuco, Blog do Vinicius de Santana (PE), Blog do Vinicius de Santana (PE), Blog o Povo com a Notícia (PE), Blog do Luciano Pires (PE), Blog do Marcos Almeida (PE), Blog Don Digital (PE), Petrolândia em foco (PE), Dália Net (PE), Folha do Araripe (PE), Conceição Verdade (PB), Ingá Cidadão (PB), Liberdade PB, Portal de Notícias PB, PB Agora, Portal Mídia (PB), Nova Palmeira Oficial (PB), Click Picuí (PB), Blog Nova Palmeira (PB), Diamante Online (PB), Click PB, Catingueira 1 (PB), Catingueira Online (PB), Gerô Show (RN), Touros (RN), Blog do Canindé Silva (RN), Martins em Pauta (RN), Blog do BG (RN), Blog do R Silva (RN), Portal Coronel Ezequiel (RN), Blog de Robson Pires (RN), Visão Norte (CE), 4Blogs (CE), O Povo (CE), Sobral Agora (CE), Blog do Ari Cosmo (CE), Blog do Wilson Filho (CE), Blog Tele Educador (CE), Vooz.com (PI), Portal O Dia (PI), O Olho (PI), Portal AZ (PI), Imperatriz-MA.com, Correio de Notícias (MA), Blog do de Sá (MA), Célia Fontenele (MA), Diário Online (PA), Portal do Amazonas (AM), Portal Albenício (TO), Correio Central (RO), Alvo Notícias (RO), Que Notícias (RO), O Nortão (RO), Cassiano Freitas (AP), Ouro Preto Online (MG), Ouro Preto Online (MG), Darwin.com (ES), Site Barra (ES), Eu Vi em Linhares (ES), Site de Linhares (ES), MV News (RJ), Vila Formosa Web (SP), Diário da Região (SP), Fuvestibular.com (SP), Assis City (SP), Foco News (SP), Rádio Boa Nova (SP), Correio Braziliense, O Popular (GO), Jataí Notícias (GO), Mais Goiás, Jornal Populacional (GO), Cartas Proféticas (GO), Circuito Mato Grosso, Olhar Direto (MT), Radio Evangelho (MT), Fronteira MS, O Pantaneiro (MS), Dourados Agora (MS), Centralizado (MS), Ágio o Guia da Fronteira (MS), CNR1.com (PR), Aqui Agora (PR), O Regional

PR, TN Online (PR), Rádio Porta Voz (PR), Goio News (PR), Tribuna do Vale (PR), Juranda News (PR), Ponto da Notícia (PR), Bonde.com (PR), Rádio Cidade (SC), Portal TRI (SC), Rede Peperi (SC), Por Acaso (SC), Geograficamente Correto (RS), Diário Gaúcho, O Sul (RS), Gilnei Lima (RS), Grande Santa Rosa Notícias (RS), Gaucha.clicrbs (RS), a todos, agradeço o empenho na divulgação e apoio da informação de cunho educacional que pode estimular mais e mais pessoas ao estudo.

Aos repórteres, locutores e apresentadores Elton Coelho, Paulo Rollemberg, Marcos Aurélio, Fredson Navarro, Demétrios Oliveira, Marina Fontenelle, Joelma Gonçalves, Carla Suzanne, Luciana Muñoz Reina, Rafael Carvalho, Francis de Andrade, Gilmar Carvalho, Pereira Santos, Eduardo Gimenez, Rosalvo Soares, J. Júnior, Eugênio Santana, George Magalhães, Carlos Ferreira, Cássia Santana, Gil da Cajaíba, Mário Amaral, Geraldo José, Rinaldo Lima, Gilson de Oliveira, Taís Cristina, Sabrina Reis, José David Gomes, José Sales Neto, Gilson Neto, Marcílio Moraes, Luciano Pires, Jorge Amorim, Célia Fontenelle, Drielly Sande, Valter Vieira, Lucival Lopes, Marcos Almeida, Joedson Telles, Willian Santos, Ozildo Alves, Nando Félix, Lusmar Barros, Gilnei Lima – pelo apoio e difusão de acontecimentos positivos como exemplo para a sociedade. E peço minhas sinceras desculpas a todos que não cito aqui, pois não pude memorizar os nomes de todos os jornalistas que divulgaram a vitória no Enem.

Aos difusores da cultura local Domingos Pascoal, Adriano Cabral, Robério Santos, meu padrinho Taurino Duarte, Jamisson da ITnet, Edson Passos, Chico do Monteiro, Rotary Club (em nome da presidente Lenita Silva da Cunha), Loja Maçônica Continguiba, Info Graphics, Midia Trend, Professor Evandro, Jaime da Perfil, Paulo Menezes (organizador da OMEF), Vicente do Museu de Capunga e Juarez Ferreira – pelo trabalho para manter viva a nossa história, e sempre incentivar os jovens a estudarem.

A todos que fizeram a IV Conferência Infanto-Juvenil pelo Meio Ambiente, em especial à delegação sergipana (da qual fiz parte), e ao pernambucano Selton Lucas, que muito luta em prol da juventude e da natureza, agradeço os ensinamentos que recebi – que não apenas me ajudaram a ser aprovado no Enem, mas contribuíram na minha formação, na minha personalidade. Enfim, por me ajudarem a formar o senso crítico que tenho hoje, um dos recursos mais importantes que uso para progredir.

Aos meus pais, José Mendonça Teles e Aline da Silva Menezes Teles, a quem devo e agradeço imensamente a minha formação ética e moral como indivíduo. Eles sempre demonstraram pura sensatez ao me educar, sabendo diferenciar e ponderar os limites do essencial e do importante na hierarquia da construção do ser humano. Além, claro, de construírem o alicerce que me deu estabilidade para trilhar a vida acadêmica com passos seguros. Saibam que vos amo muito.

E no final, mas em primeiro lugar, a Deus – que forneceu as ferramentas necessárias para que eu pudesse construir meus objetivos até hoje. E por ter posto certos obstáculos em minha vida, pois os empecilhos não são impostos para nos desanimar, nem nos deixar cabisbaixos. Mas servem para nos lembrar de que somos capazes demais para ficarmos conformados apenas com um patamar.

Capa e projeto gráfico
Bernardo Winitskowski / ESTUDIO CRU

Revisão
Rogério Amorim

T269c Teles, Victor.
Como vencer aos 14: quebrando mitos e desafios do Enem / Victor Teles. – Rio de Janeiro: Foz, 2015.
168 p.; 14 x 21 cm.

ISBN 978-85-66023-27-5

1. Adolescentes – Guias de experiência de vida. 2. Adolescentes – Autoajuda. 3. Processo decisório em adolescentes. I. Título.

CDD 158.0835

2015
Todos os direitos desta edição reservados à
Editora Foz Impressos e Digitais
Rua da Assembléia, 10 sl. 3111 | Centro
CEP 20011-901 | Rio de Janeiro | RJ
comercial@editorafoz.com.br
www.editorafoz.com.br

Esta obra foi composta em Trade Gothic pelo Estudio CRU
e impressa pela Smartprinter sobre papel offset $90g/m^2$
para a Editora Foz em 2015.